Hermann Löns
Mümmelmann

Hermann Löns

MÜMMELMANN

UND ANDERE TIERGESCHICHTEN

Mit einer Einleitung von
Karl-Heinz Ebnet

Die Reihe erscheint bei SWAN Buch-Vertrieb GmbH, Kehl
Editorische Betreuung: Karl-Heinz Ebnet, München
Gestaltung: Schöllhammer & Sauter, München
Satz: WTD Wissenschaftlicher Text-Dienst/pinkuin, Berlin

DIE DEUTSCHEN KLASSIKER

© 1994 SWAN Buch-Vertrieb GmbH, Kehl
Gesamtherstellung: Brodard et Taupin, La Flèche
Printed in France
ISBN: 3-89507-031-9

Band Nr. 31

MÜMMELMANN

UND ANDERE
TIERGESCHICHTEN

HERMANN LÖNS
DAS VERFÜGEN ÜBER DIE NATUR

Die aktuelle Umweltproblematik ist mehr als nur das überall sichtbare Ergebnis unbedachter und zerstörerischer Eingriffe des Menschen in die Natur. Ihnen voraus geht ein Denken, das, indem es sich selbst absolut setzt, das übereilt, was heute annäherungsweise als ökologischer Gesamtzusammenhang bezeichnet wird. Ein Denken, das sich selbst legitimiert und in seiner Gefolgschaft eine zivilisatorische Entwicklung, die sich als unabhängig von ihrem nicht hintergehbaren Eingebundensein in ihre natürliche Umgebung gebärdet; das darüber hinaus allerdings von einem Vergessen geprägt ist, welches nur allzu offenkundig wird, fragt man nur nach den Kosten des Fortschritts. Namen wie Milzkraut, Aronstab, Wollgras, Kriechweide, Schuppenwurz, Nachtviole, Bärenlauch oder Goldhahn, Braunelle, Misteldrossel, Siebenschläfer, Iltis, Rötelmaus, Geburtshelferkröte zeugen von einer Landschaft, einer Fauna und Flora, die nur noch in Rudimenten vorhanden sind. Es sind Namen, mit denen die meisten heutigen Leser keine konkreten Vorstellungen mehr verknüpfen können. Dabei ist dieses Vergessen der Namen und der von ihnen bezeichneten Pflanzen und Tiere, die – wenn sie nicht bereits ausgerottet sind – noch immer in der sogenannten Umwelt zur technisierten Lebenswelt des Menschen ein befristetes Dasein – soll man sagen –

genießen, nur äußerlicher Ausdruck eines sehr viel tieferen Vergessens; eines Vergessens, das der Natur den zweifelhaften Status von Erholungsgelände und Bauerschließungsland zuweist und sich in der Tatsache manifestiert, daß einem Salamander als Lebensraum höchstens ein Biotop zugestanden wird und die Existenz eines Marders erst dann wieder zu Bewußtsein kommt, wenn er die Bremsschläuche von geparkten PKWs durchbeißt.

Hermann Löns verfügte noch über eine zum größten Teil intakte Tier- und Pflanzenlandschaft, die zum Vorbild für seine Tiergeschichten und Landschaftsschilderungen wurde. Dieses Verfügen allerdings ist wörtlich zu nehmen.

Von Egon von Kapherrs wurde er als der *Vater der deutschen Tiergeschichte* bezeichnet; zu recht wurden seine genaue Beobachtungsgabe, sein naturkundliches Wissen und seine plastische Ausdrucksfähigkeit erwähnt, die ein eindrucksvoll lebendiges Bild von den geschilderten Tieren zeichnen. *Ehe der Hahn um sich geäugt hat, ist der Kater verschwunden. Stand er bisher hoch aufgerichtet auf der Kante der Klippe, so ist er jetzt völlig mit ihr verschmolzen. Wie ein langer, flacher, grauer Stein liegt er da. Die Seher sind bis auf einen schmalen Spalt geschlossen, die Schulterblätter ein ganz klein wenig hochgezogen, die Flanken heben sich beim Luftholen kaum, und nur das alleräußerste Ende der Rute zuckt ab und zu ein ganz klein wenig. So liegt er und äugt nach dem Hahne hin. Der äugt rund um sich her, reckt den Kragen, senkt ihn wieder, schüttelt sein Gefieder, ordnet es, wirft seine Losung ab, daß sie laut klatschend auf die Klippe fällt, überstellt sich, wörgt einige Male leise, ordnet hier und da noch eine Feder, wird mit einem Ruck lang und schmal, läßt die Flügel fallen, enfaltet sein Spiel ein wenig, sträubt den Kragen und beginnt erst schüchtern, dann kräftiger zu balzen.*

Doch solche sprachlich präzisen Passagen wechseln nur allzuoft mit Stellen, in denen die Tiere selbst, mit ihren Gedanken und Gefühlen, zu Wort kommen. Ein näherer Blick zeigt indes schnell, daß sich dahinter die Stimme des Erzählers verbirgt; nicht die Tiere geben ihre Empfindungen preis, sondern der Erzähler schiebt ihnen seine Vorstellungen unter. Das kann, wie im *Krähengespräch*, komisch wirken, meist allerdings ist es peinlich – so, wenn der Erzähler den auf Minnefahrt befindlichen Murkerich über seine Schnepfenbraut räsonieren läßt: *So ein niedliches Ding ... so schlank und adrett, das ist doch etwas anderes als die alte Dame von gestern.*

Schlichtweg ärgerlich allerdings werden diese Stellen – denn die reflektierenden Einschübe entbehren nicht einer gewissen Methode –, wenn darin ein Gedankengut zum Vorschein kommt, das nationalistische und sozialdarwinistische Tendenzen aufweist. Murkerich macht sich zu seinem Zug nach Norden auf, weil ihm *dieses Ägypten ... mit seinen Palmen, seinem Nilschlick, seinen fetten Fliegenmaden und Kamelmistkäfern* langweilig geworden war, weil er sich nach einem *ordentlichen deutschen Regenwurm* sehnt. Und der Titelheld Mümmelmann gar, und das entbehrt nicht einer makabren Komik, sieht es als alter Hase und *einsamer Weltweiser* als Kompliment an den wohlgemerkt guten Jäger, wenn er von diesem schrotflintig gemeuchelt wird: ... *besser ist es, im Dampfe dem guten Schützen sein Kompliment zu machen, als vor Altersschwäche den Schnäbeln der Krähen zum Opfer zu fallen.*

Der Hase kann sich beruhigt zum Sterben begeben, wenn nur der Jäger sein Waid- und Mordwerk versteht. Warum der Hase sterben muß, warum es ihm geradezu schicksalshaft vorgezeichnet ist, der Treibjagd zum Opfer zu fallen, darüber äußert sich Bob, der etwas verspielte und doch so mutige Lönssche Terrier: *Jawohl! Seife beißt. Äther auch, also sind es wilde Tiere, und wilde Tiere gehören totgebissen, meinte Bob.* Meint der Erzähler, sollte hinzugefügt werden. Pech des Hasen ist es, daß er ein wildes Tier ist und damit dem Zivilisationsobjekt Mensch zur schrankenlosen Verfügung steht. Und der Hund, vorzugsweise der gut abgerichtete Jagdhund, stellt in diesem Zusammenhang nichts anderes dar als das Exekutiv- und Exekutionsmittel seines Herrn, des Menschen.

Darin liegt die versteckte Ambivalenz der Lönsschen Tiergeschichten: einerseits bewahren sie ein mittlerweile beinahe verlorengegangenes Wissen, erstellen das Bild einer intakten Landschaft, die von der Zivilisation und ihren Abfällen noch verschont ist, andererseits fungiert eben diese Landschaft nur als Staffage, als anheimelndes Ambiente für die selbstherrlichen und recht blutigen Eingriffe dessen, der sich als Krone dieser Schöpfung begreift.

In diesem Sinne schreiben die Geschichten geradezu das fest, wogegen sie vorgeblich vorgehen: die Zerstörung der Natur durch den Menschen, der sie in seiner Verfügungsgewalt hat. Und tragen somit auf subtile, man kann auch sagen: hinterhältige Weise zu dem Vergessen bei, das am Grund unserer heutigen Umweltprobleme steht – dem Vergessen, daß Natur nicht die disponible Verfügungsmasse ist, derer sich der Mensch bedenkenlos bedienen kann.

Hermann Löns wurde am 28. August 1866 im westpreußischen Kulm als ältestes von vierzehn Kindern eines Gymnasialprofessors geboren. Er wuchs in Deutsch-Krone in Pommern auf, als er siebzehn Jahre alt war, wurde der Vater, ein gebürtiger Westfale, nach Münster versetzt. In Münster machte Hermann Löns das Abitur, wegen des angestrebten naturwissenschaftlichen Studiums kam es zum Bruch mit dem Elternhaus. Exzessiver Alkoholkonsum führte zum Abbruch des Studiums, Löns wurde Journalist, arbeitete 1891 in Kaiserslautern, 1892 in Gera (wo ihm wegen Alkoholismus' gekündigt wurde), zwischen 1893 und 1909 war er für verschiedene Zeitungen in Hannover tätig. Erste Anekdoten und Gedichte für den »Hannoverschen Anzeiger« machten ihn bekannt, daneben entstanden bald Tier-, Jagd- und Heidegeschichten.

Seine literarische Entwicklung begann im Naturalismus, bald aber wurde ihm der *ganze hochgepriesene naturalistische Quark ... in der Seele zuwider.* Vorbilder waren ihm Annette von Droste-Hülshoff und Liliencron, später Gottfried Keller und Jeremias Gotthelf. Anders als den beiden Schweizer Schriftstellern ging es Löns jedoch niemals um die aktuellen Probleme der durch die sozialen Veränderungen des 19. Jahrhunderts tief berührten Bauernschicht. Löns' Bauern- und Heidedörfer, wie sie in *Der letzte Hansbur* und *Dahinten in der Heide* (beide 1909 erschienen) dargestellt werden, sind Bestandteil einer idealisierten bäuerlichen Welt, die in ihrer Autarkie, ihrer historischen und sozialen Verkürzung konsequent jeden Bezug zu den Gegenwartsproblemen vermeidet.

Autarkie und, damit verbunden, Selbstjustiz sind die beherrschenden Themen des historischen Romans *Der Wehrwolf* (1910). Eine Gruppe von Bauern schließt sich im Dreißigjährigen Krieg zusammen, um gegen die marodierende Soldateska vorzugehen. *Jeder ist sich selbst der Nächste. Besser fremdes Blut am Messer, als ein fremdes Messer im eigenen Blut*, lautet ihre Losung. Im Zuge Paul de Lagardes und der »germanischen Renaissance« wurde hier der Boden mitbereitet, auf dem später der Nationalsozialismus Fuß fassen sollte. Das Buch wurde nicht nur ein Erfolg, was die Zahl der verkauften Exemplare anbetraf (Auflage 700 000) – in der Weimarer Republik nannte sich der rechtsextreme Flügel der paramilitärischen Selbsthilfeorganisationen nach dem Werk *Werwolf*, und in den letzten Tagen des Zweiten Weltkriegs griffen die Nationalsozialisten auf den Mythos der Wehrwolf-Gruppen zurück, um in Verblendung der Kriegslage zu verheizen, was noch zu verheizen war.

Als Blut- und Boden-Literatur im weitesten Sinne muß auch der autobiographisch inspirierte Liebes- und Künstlerroman *Das zweite Gesicht* (1911) gelten, der von der Überlegenheit der sogenannten nordischen über die südlichen Rassen und der germanischen über die christliche Religion ausgeht.

Neben der kaum reflektierten Brutalität des *Wehrwolf* allerdings stehen die lebendigen, bis heute populären Tiergeschichten (*Mümmelmann*, 1909) und seine sentimentale, volksliedhafte Heide- und Liebeslyrik (*Mein goldenes Buch*, 1901, *Der kleine Rosengarten*, 1911), die zum Teil in die Wandervogelbewegung Eingang fand.

Einer ganz anderen Sprache dagegen bedient sich das Kriegstagebuch *Leben ist Sterben, Werden, Verderben*; bar jeder Sentimentalität, stichwortartig, scheinbar emotionslos stehen die Eindrücke vom Kriegsgeschehen und Naturschilderung nebeneinander. Die Erfahrung des Todes führte zu einer Art des Sprechens, der es nicht mehr gelingt, sich in idealisierte Bereiche zu flüchten. Die Realität des Todes forderte ihre Anerkennung.

Hermann Löns hatte sich zu Beginn des Ersten Weltkriegs, im Alter von 48 Jahren, als Freiwilliger gemeldet; bereits in den ersten Kriegswochen, am 26. September 1914, fiel er bei einem Sturmangriff auf Reims.

HÖRET:

Es gibt nichts Totes auf der Welt,
Hat alles sein' Verstand,
Es lebt das öde Felsenriff,
Es lebt der dürre Sand.

Laß deine Augen offen sein,
Geschlossen deinen Mund
Und wandle still, so werden dir
Geheime Dinge kund.

Dann weißt du, was der Rabe ruft
Und was die Eule singt,
Aus jeden Wesens Stimme dir
Ein lieber Gruß erklingt.

MÜMMELMANN

Sie zogen aus, bis an die Zähne bewaffnet, an die dreitausend, an die dreihundert, an die dreißig, schrecklich anzusehen in ihrem Kriegsschmucke.

Unten steckten sie in langen Stiefeln, oben in kühnen Hüten. Um ihre Unterleiber schlotterten oder strammten sich rauhe Jacken, deren Taschen reichlich mit Nikotinspargeln gespickt waren. An der Seite hing ein Ränzlein, strotzend von braunen, grünen, roten oder gelben Hülsen, enthaltend das scharfe Pulver, ferner eine Flasche, bergend das nicht minder scharfe Visierwasser, und diverse Pakete, worin die kurzgehackten sterblichen Überreste toter Schweine und Kühe waren. Vor dem Magen trugen sie Müffchen, um die Handgelenke gestrickte Stulpen, und auf dem Rücken Donnerrohre aller Konstruktionen und jeglichen Kalibers.

Sie erfüllten das Bahnhofsvestibül mit lauten Stimmen, den Perron mit schallenden Tritten, drei Kupees mit Zigarrendampf und die Schaffner mit Grausen, denn jeder dritte zog ein erwachsenes Exemplar von canis familiaris hinter sich her und verlangte Platz dafür nächst sich.

Während der Fahrt nickten die einen, die abends vorher allzulange beim geisteserfrischenden Männerskat und beim seelenerhebenden Bitterbier gesessen hatten, noch etwas nach, die edlen, etwas gedunsenen Züge auf die Mündungen der Flinten stützend; andere hatten des Teufels Gebetbuch in der Hand, schielten sich in die Karten und nahmen sich das mehr oder minder redlich erworbene Kleingeld ab. Die dritten sprachen Latein.

Der Dicke mit den apoplektischen Kulpsaugen erzählte mit einer Stimme, die die Fensterscheiben zum Klirren brachte, er habe gestern auf achtzig Schritt einen Krummen geschossen, wie gerädert sei der im Dampf geblieben, alle Knochen gebrochen. Und dann zeigte er seine Flinte herum, alle guckten hinein und taten, als glaubten sie es, und jeder sah sein Gegenüber mit einem Blick an, der da sagte, daß er es durchaus nicht glaube.

Sie sprachen eine fremde Sprache, die kein vernünftiger Mensch verstand, redeten von Rammlern und Satzhasen, Sehweiß und Wolle, Löffeln und Blumen, Läufen und Gescheide, Kesseln und Suchen, Stokeln und Strecke, meinten aber immer ganz was anderes. So fuhren sie dahin durch die weiße, morgendliche Winterlandschaft, auf die die aus dem Bett kriechende Sonne einen schwachen Rosenschimmer warf.

Dieser Rosenschimmer traf auch in der Feldmark von Knubbendorf die Nase eines alten Rammlers, der langsam und hochläufig über die Landstraße hinkte, Haanrich Mümmelmann genannt in seiner Sippe. Er machte einen Kegel, putzte sich ein Flöckchen Schnee aus dem Schnurrbart mit der rauhen Bürste seines Vorderlaufes, und überlegte, ob er noch nach der reichlich geästen Roggensaat etwas Rinde von jungen Apfelbäumen in den Gärten von Knubbendorf zu sich nehmen solle, oder ob es bekömmlicher sei, einige vorjährige Brommelbeerblätter zu genießen, denn er fühlte einen Druck im Magen.

Da teilte ihm derjenige Teil seines Körpers, mit dem er auf einem plattgefahrenen goldgelben Apfel saß, der nicht von den Hesperiden, sondern von dem edlen Rosse stammte, mit, daß ein Wagen sich nähere. Er drehte sich um, spitzte die schwarztimpigen Löffel und sagte sich dann in seinem lieben Gemüte, daß das weder die Post sei, die führe schneller, noch der Molkereiwagen, der führe langsamer, ein Marktwagen sei es auch nicht, der käme schon bei nachtschlafender Zeit. Item sei es etwas Ungewohntes, und das Ungewohnte sei stets unbekömmlich.

Er hoppelte bis an den Graben, setzte trotz seiner drei Läufe über die hohe Schneewehe und hoppelte den Patt entlang. Auf dem großen Schlehbusch saß der Neuntöter. Den fragte er, ob er nicht sähe, was da die Straße entlang komme, seine Augen hätten nachgelassen. Der Würger sagte ihm, daß es Jäger und Hunde wären, und flog nach der Dieme, denn da hatte er eine Maus gesehen.

Mümmelmann kratzte sich bedenklich hinter den Löffeln und hoppelte weiter, bis an den großen Stein, der an der Sandkuhle lag. Dort klopfte er dreimal mit dem linken Hinterlauf. Er hatte nur den einen, den rechten fraßen nach der vorjährigen Treibjagd die Nebelkrähen. Auf sein Klopfen tauchten hinter einem dürren Kamillenbusch zwei sauber gekämmte Löffel auf. Sie gehörten Geesche Wittblaume.

»'n Dag, Geesche«, knurrte Mümmelmann, »van Dage gifft dat Drievjagd. Eck weit blot noch nich, wenn sei in Holte drieven oder inn'e Feldmark. Seih deck vör!«

»Eck rücke to Holte, da kann'n seck lichter bargen«, meinte Geesche. »Adjüs, Haanrich«, und damit hoppelte sie von dannen.

»Segg et de annern an«, rief Mümmelmann ihr nach, und Geesche machte einen Kegel, spitzte die Löffel, nickte und hoppelte fort.

Mümmelmann traf bei Wege noch Trine Geelzahn und Jochen Pielsteert und sagte ihnen, daß sie gut täten, die Löffel steif zu halten. Und dann hoppelte er weiter, bis nach einer ganz kahlen, hochgelegenen Stelle. Dort lief er eilig hin und her, als habe er etwas verloren, schlug Haken auf Haken, und schob sich dann in einen Pott, den er sich scharrte.

Eine Stunde mochte er in seinem Lager gelegen haben, da vernahm er ein Geräusch und machte einen Kegel. Da sah er Aadje Slappohr eilig daherkommen, Aadje, dessen Löffel keinen Halt hatten, weil ihm im vorigen November die Schrote die Knorpel zerschlagen hatten.

»Junge«, sagte Aadje und verpustete sich, »dat ward leege van Dage. De Driever drücket dat Holt dör und denn schall ekessselt weern.«

»Dübel«, sagte Mümmelmann, »de vermuckten Schinners ward' von Dag to Dag heller. Na, will't sehn, wat seck dohn lätt. 'djüs.« Und damit rückte er sich wieder in seinem Pott zurecht, und Aadje lief weiter.

Noch eine Stunde lag Mümmelmann da und dachte, daß der Mensch doch das böseste Raubzeug sei, trotz Reinke Rotvoß und Griepto Heuhnerdeiw, dem Habicht, und daß es Zeit wäre, daß man dagegen etwas täte; da hörte er von weitem einen Ton, als klopfe da ein riesiger Rammler. Und der wiederholte sich immer wieder.

Haanrich Mümmelmann machte sich hoch und äugte nach der Gegend hin, aber seine Lichter trugen so weit nicht. So rückte er wieder zusammen und wartete. Die Sonne brannte ihm warm auf den billigen Balg, der Wind hatte sich gelegt; das war alles gut und schön soweit, wenn nur die Jäger nicht gewesen wären. Na, sein Testament hatte der Olle schon lange gemacht, er war nun fast zehn Jahre alt, und ewig kann man nicht leben. So philosophierte er.

Auf einmal spielohrte er. Er hörte den Mordschrei der Nebelkrähe. Er machte sich ein ganz klein bißchen höher, und seine Seher wurden starr. Über das Feld kam ein Hase in ungleichen Sätzen, und über ihm strichen zwei große, graue Krähen. Eine stieg immer und strich vorwärts, und die andere fuhr herab und stieß nach den Lichtern des armen Hasen, und Arr und Err ging es. Alle Augenblicke wurde der kranke Hase kürzer, dann fuhren beide Krähen auf ihn los. Und dann rappelte er sich wieder auf und machte ein paar Sätze, aber nach wenigen Sätzen wurde er wieder kürzer. Und vom Horizont kam ein schwarzer Punkt und noch einer und immer wieder einer, lauter Krähen, graue und schwarze, und wie eine Wolke von Blut und Tod zog es über den Kranken her. Und jetzt, Mümmelmann schauerte zusammen und legte die Löffel an, denn er wußte, was jetzt kam; jetzt kam der Graben, und das war das Ende. Und da scholl es auch zu ihm heran: »O weh, o weh, o weeäh, o weih mir«, und dann war alles still, und nur die Galgenvögel, die sich zankten, hörte man.

Nach einem Weilchen vernahm der Alte wieder ein Gepolter und sah die Krähen abstieben. Er richtete sich ein bißchen hoch und sah einen großmächtigen Köter einen kranken Hasen hetzen. Schwer krank, das sah der Alte, war der andere nicht, aber doch so, daß der flüchtige Hund ihn bald zu Stande hetzen würde. Das war ein guter Kerl, Natz Klewersitter vom Uhlenbrink. Dem mußte geholfen werden.

»Natz«, knurrte Mümmelmann leise, »eck stah upp, sett di dahl!« Der kranke Waldhase nahm alle Kraft zusammen, fuhr in das warme Lager, und mit einem Hui, eine Schneewolke hinter sich werfend, fegte der alte Feldhase aus dem Pott, schlug ein halbes Dutzend Haken, daß der Hund ganz verbiestert wurde, sauste dann geradeaus, schlug wieder Haken, machte einen Kegel, nahm wieder das Feld hinter sich, bis dem Hunde die Zunge aus dem Halse hing und er die Jagd aufgab. Mümmelmann äugte ihm nach, lachte, hoppelte bis zum nächsten Brink und rodete sich wieder ein. Seine alten Knochen brauchten Ruhe.

Lange dauerte es damit aber nicht, da vernahm er ein Dröhnen und Knirschen. Erst war es nördlich, dann westlich, dann südlich, dann auch im Osten. Er machte sich hoch und sah rundum lauter schwarze Pfähle. Und nach einer Weile ging es, »Tara, Tarattata«, und die Pfähle kamen auf ihn zu. Und dann hörte er es knallen, und er sah hier einen aus seiner Sippe über den Schnee rennen und da einen von den Waldhasen, und da stand einer auf dem Kopf, und hier rollte einer im Dampf. »Dübel«, dachte der Alte, »eck sitte inn'n Kessel!«

Die schwarzen Pfähle kamen näher. Überall stob der Schnee, prasselten die Schrote, flog der Dampf, knallten die Schüsse. Mümmelmann blieb in seinem Pott und überlegte. Rechts, nein, da ging es nicht, da knallten wenige Schüsse und immer einzeln, da standen gute Schützen. Links, da ging es bergab, das war auch schlecht. Aber geradeaus, da war ein Jäger, der schoß immer beinah beide Läufe auf einmal, und sein Nachbar, der fuchtelte immer erst lange hin und her, ehe er drückte.

Die Schritte kamen näher. Dicht neben Mümmelmann schlug Kunrad Flinkfoot ein Rad, sprang noch einige Todessprünge und färbte den Schnee rot. Weiter rechts machte Dorette Quappbuk ihr Testament, nicht weit davon Lieschen Hopsinskrut. Aber zwischen dem langen Schnellschießer und dem kurzen Fuchtelmeier passierten eben Jochen Pielsteert und Fritze Pattlöper heil die Schützenlinie, und da richtete sich der alte Hase steif auf, hoppelte in gerader Linie voran, gerade auf die Lücke zwischen den beiden Schützen zu, ganz langsam, bis er fast in Schußnähe war, witschte dann nach links, schlug einen Haken nach rechts, einen nach links, einen nach rechts, sah noch eben, wie zwei Gewehrläufe in der Luft herumfuhren, wie Schwänze von Kühen, um die die Bremsen sind, und dann gab er her, was er in sich hatte, fuhr durch die Lücke, schlug sieben Haken, hörte einen Knall, einen Schrei, einen

Fluch, nähte aus, bis er nichts mehr hörte, und dann machte er ein Männchen und äugte zurück.

Das Jagdhorn erklang. Die Schüsse hörten auf. Die Jäger liefen nach einem Fleck, hoben etwas auf und gingen nach dem Dorfe. Und es war doch erst Mittag. Als sie alle weg waren, hoppelte Mümmelmann nach dem Kessel. Da lag Schweiß, hier wenig, Hasenschweiß, und da viel, Menschenschweiß, und dem alten Hasen schwoll sein kleines Herz von befriedigter Rachsucht; nun wollte er gern sterben, er hatte sein Volk gerächt.

Nachts um zwölf Uhr, als der Vollmond klar am Himmel stand, kamen die Knubbendorfer Hasen auf dem Felde, wo der letzte Kessel gewesen war, zusammen. Mümmelmann rief sie alle der Reihe nach auf. Zweiundsechzig antworteten nicht, zwanzig waren entschuldigt, sie heilten ihre Wunden im Lager, sechzehn humpelten, sie waren leicht angekratzt. Und als sie alle zusammen waren, da hielt Natz Klewersitter eine Rede und sagte allen, wie Haanrich Mümmelmann ihm das Leben gerettet hatte, und alle zweihundert klopften dem guten Kameraden Beifall und rieben ihre Nase an seiner. Und dann machte Jochen Pielsteert ein Männchen und erzählte, daß der Alte vom großen Stein sie alle gerettet habe. Er, Jochen, habe gesehen, daß Mümmelmann durch seine Taktik den einen Jäger so dötsch gemacht habe, daß er seinen Nachbar schwer angeflickt habe. »Kommt mit, eck will ju dat wiesen!« so schloß er seine Rede.

Reinke Rotvoß, der oben an der Straße unter dem Winde herangeschnürt kam, blieb plötzlich stehen und seine Nüstern schnupperten wohlig, denn die Witterung von zweihundert Hasen kitzelte sie. Aber dann setzte er sich plötzlich, denn eine wimmelnde, krimmelnde Masse kam über das mondlichte Schneefeld, Hase bei Hase, und jetzt hielten sie an.

So etwas hatte Reinke noch nicht erlebt, und er hatte viel mitgemacht. Als aber die zweihundert Hasen anfingen, mit den Hinterläufen zu klopfen und gespenstisch im Kreise herumzutanzen, da kriegte er es mit der Angst, er machte kehrt und gab Fersengeld, daß ihm die Standarte nur so flog. Als am anderen Tage der Jagdaufseher Nachsuche hielt, da fand er um den roten Fleck, wo der Assessor den Baurat laufkrank schoß, einen Kreis, festgestampft wie eine Tenne. Und er sah, daß das die Hasen gemacht hatten, und er schüttelte den Kopf und machte ein ganz verstörtes Gesicht.

Das war die Stelle, wo vorige Nacht die Knubbendorfer Hasensippe Mümmelmann, den Heldenhasen, nach Hasenweise geehrt hatte.

MURKERICHS MINNEFAHRT

Auf der Spitze der großen Pyramide stand ein Mann. Der Abend hatte die gelbe Wüste in braune und blaue Farben getaucht, hatte die Palmen und Kuppeln der fernen Stadt mit Gold und Purpur umwebt.

Der Mann auf der Plattform des Riesenbaues sah die zauberhaften Farben, die märchenhaften Töne nicht. Er war das ganze Ägypten satt, die eleganten Reisenden, das schmierige Volk, den Spielsaal und die Blumengärten. Traumverloren sah er nach Norden hin.

Da zuckte er zusammen und sah sich um. Nicht der Ruf der Eule war es gewesen, der ihn aus seinem Sinnen geweckt hatte, nicht das von weitem heranschallende Geschrei der Kameltreiber, nein, ein ganz anderer Laut, der ihm die gelben Troddeln der Haselbüsche im dämmernden Wald, Drosselschlag und Ammernsang vor die Seele rief.

Er rieb sich die Augen und lächelte: »Ich habe geträumt«, dachte er. Aber da war er wieder, der seltsame, tiefe, quarrende Ton, das »Quoark, quoark, quoark«, und da kam es auch schon herangestrichen, ein schwarzes Ding, eulenhaft die Fittiche bewegend, zwischen denen ein langer, senkrechter, schwarzer Strich sich abhob, und verschwand in der Dämmerung.

Das war Murkerich. Auch dem war dieses Ägypten langweilig geworden mit seinen Palmen, seinem Nilschlick, seinen fetten Fliegenmaden und Kamelmistkäfern. Nach weißschimmernden Birkenwäldern sehnte er sich, nach braunem Fallaub zwischen goldenen Schlüsselblumen, jungen Fichten und breiten Weißdornbüschen und einem ordentlichen deutschen Regenwurm.

Er moarkte verdrießlich, als ihm eine große Fledermaus mit einem blattähnlichen Gewächs auf der Nase etwas zuzwitscherte, das er nicht verstand, strich weiter, den Nil hinauf, und pfuitzte schnell sein »Pssewitt« in den Abend hinein. Antwort erhielt er wohl, aber Begleitung bekam er nicht. »Noch zu kalt da oben«, pfuitzte Kulpsauge. »Noch keine Würmer draußen«, quarrte Silbersteert. »Noch Frost im Boden«, wispelte Stecherine. Da reiste Murkerich allein.

Im Garten des Augustinerkellers in München ging ein Mann. Er ließ sich die Abendluft um die Stirn ziehen, denn arg viele Maße Bier hatte er binnen. Plötzlich blieb er stehen und sah nach dem Himmel, wo ein einziger, kleiner, blasser Stern blinzelte. »Herrgottsaxen«, brummte er vor sich hin, »hoab i oan Rausch. Alleweil hoab i meint, daß i die Schnepfen hör'!«

Einen Rausch hatte er, aber richtig gehört hatte er doch. Murkerich hatte Afrika hinter sich, das Mittelmeer und den Balkan, Tirols weiße Gipfel und Bayerns dunkle Berge. Viele Gefahren zu Wasser und zu Lande hatte er erlebt, Seesturm und Meeresgewitter, Lawinengepolter und Telegraphendrahtsurren; am Gardasee stellte eine verwitwete Schnepfin seinem Herzen Garn und Schlinge und wollte ihn bewegen, dort zu bleiben. Er pfuitzte ihr etwas und strich weiter.

Über dem Dorfe Sievershausen im Solling stand ein Mann. Rotkehlchen und Amseln sangen,

Waldwühlmäuse pfiffen im Fallaub, unten im Dorf rief der Totenvogel und im hohen Ort lachte der Kauz. Stillzufrieden lauschte der Mann den Stimmen des Vorfrühlings.

Auf einmal durchfuhr ihn ein Ruck. Er riß das Gewehr von der Schulter, spannte und backte an, sah sich wild um und ließ die Waffe wieder sinken. Er schüttelte den Kopf und lachte in sich hinein: »Ich dachte, ich hörte schon die erste. Aber wir haben ja noch nicht einmal Reminiscere!«

Er hatte doch richtig gehört, und wenn der Kauz nicht gerade solchen großen Schnabel gehabt hätte, dann hätte Murkerichs Minnefahrt schon hier ein Ende gehabt. Aber Glück muß ein junger Schnepfenhahn haben. Schon im Taunus waren ihm die Schrote um den Stecher gepfiffen, und in seinem linken Fittich fehlte die Spitze der Malfeder. »Die kann ich missen«, hatte Murkerich gedacht, die ist ja doch bloß zum Staat da«, und war weitergestrichen. Und diese Nacht strich er noch weiter, bis er seine engere Heimat erreichte, den Ahltener Wald bei Hannover. Da strich er laut pfuitzend in der Frühdämmerung die Gestelle auf und ab, fiel, als die erste Drossel pfiff, todmüde unter einer Schirmfichte ein und schlief wie tot.

Ein Rascheln im Laube weckte ihn. Eine Waldmaus wäre ihm fast auf den Kopf gesprungen. Als er sich spreizte, fuhr sie zitternd in ihr Loch. Die Sonne stand schon hoch, und behaglich genoß Murkerich, Flügel und Ständer von sich streckend und das Halsgefieder aufrichtend, ihre Wärme. Dann richtete er sich auf, gähnte gefährlich, trippelte einige Schritte vorwärts, bis er an dem kleinen Ellernbusch anlangte, wo die ersten Blätter und Blüten sich über dem pechschwarzen nassen Boden zeigten.

Dort stellte er den Stecher senkrecht, fuhr damit über die goldenen Blüten des Milzkrautes, die fetten Blätter des Aronstabes, die blauen und weißen von Leberblume und Windröschen, bohrte den Stecher in den Boden, vollführte mit den Ständern ein seltsames Getrampel, wobei er ab und zu leise schnurrte, und holte alle Augenblicke einen krampfhaft sich windenden Regenwurm oder eine langgeschwänzte Sumpffliegenlarve heraus, die er sich dann mit kurzem Ruck einverleibte. Dann trippelte er wieder unter seine Schirmfichte und schlief weiter.

Als die Dämmerung die Bäume zusammenschmolz und der Kauz sein hohles Lied sang, wachte Murkerich auf. Der Abend war lau und die Luft dumpf, so recht geschaffen für ein zärtliches Flugspiel über den Wipfeln der Birken. Aber ihm lag noch die lange Luftreise in den Knochen, und so beschloß er weiterzuschlafen, da erstens morgen auch noch ein Tag und zweitens eine Balz auf eigene Faust eine ziemlich öde Beschäftigung sei. Da vernahm er ein brünstiges »Pssewitt«, und er schwang sich auf und folgte dem lockenden Rufe.

Auf der großen Rodung holte er die Dame ein. Quarrline war es, eine Schnepfenmadam reiferen Alters, die im Frühling vor einem Jahre hier Witwe geworden war. Sie hatte damals gelobt, unvermählt zu bleiben, aber die Liebe, das ist eine sonderbare Sache, und wenn eine alte Scheune ins Brennen kommt, dann helfen alle guten Vorsätze nicht. Und als sie Murkerichs flehendes Morken vernahm, da tat sie zwar erst etwas verschämt, quarrte etwas von Aufdringlichkeit und Belästigung alleinstehender Damen, aber die kokette Art und Weise, wie sie ihn über den Rücken anschielte, gab Kunde davon, wie heiß ihr Herz dem eleganten jungen Manne entgegenschlug. Ja, wer kann auch für die Gefühle bei solcher lauen Luft!

Und so ging es denn mit Pssewitt und Morkmork über die Gräben und Tümpel, Schläge und Dickungen, bald neben-, bald hinter-, bald übereinander, jetzt langsam und leise, dann laut und schnell, in gerader Richtung ein Gestell entlang, im Zickzack durch den Lichtschlag, wo Quarrline ihrem Galan in dem Stockausschlag der Birken verschwand. Aber er fand sie bald, denn es war bei ihr nur Ziererei, und als er ihr erzählte, daß er in guten Verhältnissen lebte und ein Grundstück hätte, das sich selbst im dürrsten Sommer reichlich mit Regenwürmern verzinste, da gab sie bald ihre Sprödigkeit auf und wurde aus einer älteren Witwe schnell eine junge Braut.

Als Murkerich sich am anderen Tage die Sache überlegte, fand er, daß er etwas voreilig gewesen war. Seine Quarrline paßte doch nicht so ganz zu ihm. Sie war ein bißchen zu sehr in die Breite gegangen, ihr Gefieder war stark ergraut, kurz und gut, eine Schönheit war sie gerade nicht. Und dieses ewige Gequarre von ihrem Seligen, das war nicht zum Aushalten. Wenn sie so schon als Braut war, wie würde sie erst später werden, dachte der glückliche Bräutigam und hörte mißmutig ihrem Gequarre zu, mit dem sie ihn sogar jetzt, mittags, wenn jede richtige Schnepfe schläft, anödete.

So vernahm sie vor lauter Schwatzen das leise Rauschen nicht, das hinter ihr im dürren Grase daherkam. Faul und breit lag sie da und erzählte von ihrem Seligen. Da fuhr ein rotes Ding rauschend und rasselnd durch das Gras. Murkerich strich schreiend ab und konnte eben noch eräugen, daß Reinke Rotvoß mit Quarrline im Fang davonschnürte. Unter einem gewaltigen Weißdornbusch fiel Murkerich ein. Der entsetzliche Vorfall bekümmerte ihn tief, aber bei ruhigerer Überlegung fand er, daß es so am besten für sie beide war; glücklich wären sie zusammen doch nicht geworden. Über diesen Betrachtungen schlief er ein.

Das Gezeter der Amsel weckte ihn. Die saß auf dem Dornbusch und machte einen Mordskrach, weil zwei Männer das Grenzgestell entlang gingen. Im großen Windbruch rief der Kauz, von der breiten Wiese erklang das Schreien der Kiebitze, Kraniche trompeteten über den Forst hin, Goldammern und Rotkehlchen sangen ihre Abendlieder. Da vernahm Murkerich über sich ein tiefes, dumpfes Quarren und ein ängstliches Pfuitzen. Ein alter Schnepfenhahn machte in grober Weise einer schlanken Schnepfin den Hof. Klack, klack, machten Murkerichs Flügel, und schon war er neben dem Pärchen. Der alte Hahn machte ein höchst erbostes Gesicht, als er den jungen Mann erblickte, und versuchte, ihm eins zu stechen, aber Murkerich war gewandter, er wich ihm aus, stieg und stach ihm derartig in die Seite, daß der alte

Herr wutquietschend in das Quergestell einschwenkte. Murkerich wollte ihm folgen, da fuhr ein langer, roter Strahl empor, der alte Hahn fiel wie ein fauler Ast zu Boden, ein Donnerschlag ertönte, Stinkrauch stieg auf, und Murkerich und das kleine Fräulein schwenkten schleunigst ab.

»Glück muß ein junger Mann haben«, dachte Murkerich, als er mit der Kleinen durch das Birkenbruch zickzackte. Die hatte sich so erschrokken, daß sie froh war, einen Mann bei sich zu haben. Pfuitzing hieß sie und war noch nicht ein Jahr alt. Murkerichs Herz brannte. »So ein niedliches Ding«, dachte er, »so schlank und adrett, das ist doch etwas anderes als die alte Dame von gestern.« Und zärtlich morkend, sagte er ihr die schönsten Sachen über ihre wunderschönen dunklen Seher, über die blitzenden Silberspitzen ihres Stoßes, und die Kleine legte geschmeichelt den Stecher an die Brust und dachte bei sich: »Ein reizender junger Mann, viel netter als der alte Murrkopf von vorhin.« Und in niedlicher Koketterie ließ sie ihres Stoßes silbernes Spitzenwerk leuchten, und wenn sie auch so tat, als wollte sie sich ihres Anbeters Schmeicheleien entziehen und hastig fortstreichen, sie tat nur so.

Es war ein herrlicher Abend. Die Luft war weich und warm, in den Sinken braute der Fuchs, der Mond stand über den hohen Eichen. In seliger Minnefahrt strich das Pärchen über die Schläge, zickzackte um die Überhälter, ruderte durch das Bruch und fiel ab und zu zu kurzem Gekose an einem silbern blitzenden Graben ein, um bald wieder in langsamem Fluge über die Gestelle zu streichen, er in männlichem Bariton schmeichelnd und sie in hellem Diskant kichernd, wenn er ihr erzählte, welch ein herrliches Leben sie hier im schönen Ahltener Walde führen wollten, wo der Boden so tief und locker und würmerreich ist und wo Dornbusch an Dornbusch steht, die beste Wehr gegen Reinkes Tücke und Griepto Heuhnerdeiws, des Habichts, Roheit.

Und als sie so schwärmten und träumten, da blitzte und krachte und rauchte es, und Pfuitzing stieß einen Schrei aus, stürzte, nahm sich wieder auf und flatterte in das Unterholz. Murkerich war sofort bei ihr und trieb sie zur Eile an, denn er vernahm eine laute Stimme, und hörte einen Hund durch die Pfützen patschen. Da flatterte das arme Ding mit Aufwand aller Kraft ein Endchen weiter und fiel erschöpft in den gewaltigen, undurchdringlichen Windbruch. Noch ein Weilchen hörten sie den Hund hechelnd im Unterholz herumstöbern, dann ertönte ein Pfiff, und alles war ruhig.

Pfuitzing lag auf der Seite und wimmerte ganz leise. Ihr linker Lauf war von einem Hagelkorn getroffen und gebrochen. Sie zog ihn fest an den Leib und ließ sich von Murkerich trösten. Den ganzen Tag blieb sie so liegen und humpelte erst abends ein bißchen hin und her, um zu wurmen, und Murkerich blieb immer bei ihr. Nach acht Tagen war der Lauf fast heil; die weichen Bauchfederchen hatten einen festen Verband darum gebildet, so daß die Kleine schon wieder ganz gut auftreten und sich auch wieder aufschwingen konnte.

Es war wieder ein wundervoller Abend, so laut, so weich, so milde, aber dem Pärchen war alle Lust am Strich vergangen. »Weißt du was, Pfuitzing«, quarrte Murkerich, »ich glaube, wir ziehen weiter. Wenn man immer geradeaus gegen Mitternacht streicht, dann kommt man hinter dem Meer in Länder, da gibt es kaum einen Menschen, und die da sind, die kümmern sich nicht um uns. Hier muß man ja immer wie eine Maus im Verborgenen leben und hat nichts vom Leben. Wollen wir weiter?«

Pfuitzing war es zufrieden, und als der Mond sich hinter den Wolken versteckte, da stiegen beide ganz hoch in die Luft, kreisten dreimal und strichen dann geradeaus, nach dem Lande, wo es noch nette Menschen gibt. Und da leben sie heute noch.

KRÄHENGESPRÄCH

Jeden Nachmittag um drei Uhr achtundfünfzig Minuten, wenn der Barsinghausener Zug über die große Bult bei Hannover keucht, kommt ein alter Herr mit einem alten Hunde den Fußweg entlang, der sich am Rande der Eilenriede nach der Bult hin zwischen dem Döhrener Turm und Bischofshol hinzieht. Auf der Höhe der Rüsterburg bleibt der alte Herr stehen, nimmt eine Prise, sieht gegen den hellen Abendhimmel und niest, und meistens niest sein Hund zur Gesellschaft mit. Dann gehen beide weiter.

Genau um diese Zeit kommt eine große graue Krähe angeflogen, die bei der Korndieme auf Mäuse lauerte, läßt sich auf einer der höchsten Eichen des Waldes zwischen dem Eisenbahndamm und der Rüsterburg nieder, schüttelt ihr Gefieder glatt und ruft dreimal laut: »Arrr!«

Wenn dann der Deister in dicken, rotgesäumten Abendwolken verschwimmt, wenn in dem Bultkrankenhause, im Heiligengeiststift und im Schwesternhause die ersten Lichter aufblitzen und die Sonne mit unheimlicher Behendigkeit an dem Schornstein der städtischen Bierbrauerei hinunterklettert, dann kommt von dem Komposthaufen eine zweite, aber schwarze Krähe her, nimmt neben der grauen Platz, schüttelt ihr Gefieder und ruft ebenfalls dreimal, aber in schwächerem Ton: »Aerr!«

Dann dauert es gar nicht mehr lange, und während der Wald zu einem violetten Gemussel zerfließt, aus dem nur das rote Laub der Buchenjugenden hervorleuchtet, um die Zeit, wenn die heimlich Verlobten, die da spazierengehen, anfangen, sich unterzuhaken, dann kommen von allen Seiten einzelne Krähen angeflogen, graue Nebelkrähen, schwarze Rabenkrähen und manchmal auch einige stahlblaue Saatkrähen.

Im ganzen sind es so fünfzehn bis fünfundzwanzig, die um die Schlummerstunde auf der hohen Eiche zusammenkommen; einige davon sind ausgebrütete Hannoveraner, zwei sogar Stadthannoveraner, da sie in der Eilenriede groß wurden, die andern stammen aus Brandenburg, Mecklenburg, Schleswig-Holstein, Sachsen, Posen und Ostpreußen. Die Ostelbier sind alle grau mit schwarzen Köpfen, Flügeln und Schwänzen, die andern schwarz. Die Ostelbier sind nur im Winter hier, wenn sie zu Hause nichts haben.

Den Tag über treiben sie sich auf der großen Bult herum, die eine bei der Tierärztlichen Hochschule, die andere vor dem Schlachthause, wieder andere in den Ländereien der Stadtgärtnerei, oder in den Stiftsgärten, auf den Fußballspielplätzen, bei den Bahnwärterhäusern, der Dieme und den Komposthaufen. Dort stochern sie ruhig und besonnen, ob sie nicht einen Wurm, einen vor Kälte lahmbeinigen Käfer, einen Knochen mit noch einem bißchen daran, eine Wurstschläue, ein Stück Brot oder dergleichen finden oder eine Maus oder einen Maulwurf übertölpeln.

Die Graue, die zuerst kommt, ist eine Ostpreußin. »Känigsbarg« ist ihr drittes Wort. Die Schwarze, die immer gleich nach ihr kommt, stammt aus der Eilenriede; die beiden kennen sich seit drei

Wintern: »Guten Aabend mei Härzche«, schnorrt die Graue; »was haben Sie heit gemacht de ganze Tag? War's Assen gut?« Die Schwarze macht vergnügte Augen: »'n Aeöbend, das will ich maanen; ich waaß doch hier Beschaad. Ich häöb' 'n angeschossenen Häösen gefunden. Delikäöt, säöge ich Ihnen.«

»Einen Hasen«, plärrt eine graue Sächsin, die eben ankommt, »ach nee, was Se sagen? Hären Se mal, meine Kuteste, den genn' Se mir mal zeigen. Ich hab' Se nämlich noch nie 'n doten Hasen kesehen, wissen Se. Wo liegt er denn, der Hase, wenn ich so frei sein darf?« Die Schwarze meint: »Da is jetzt nich mehr viel anne«, was die Ostpreußin, die die Sächsin nicht leiden kann, veranlaßt, laut aufzulachen: »Hulla, hulla, hullahahaha, salba assan macht fatt; nicht wahr, mei Härzche?«

Eine schwarze Kalenbergerin erscheint und mit ihr eine graue Polin. Der steht der Schnabel lose: »Gutten Abbend, Frau Schwarzhals, gutten Abbend, Frau Dickkopf, gutten Abbend, Frau Blänkersteert, haben Se sich Guttes gefunden zu essen heite? Habe ich mich gefunden Knochen großiges mit Fleisch vielliges drran serre guttes Fleisch, gar nicht stinkiges, von Schaff hammliges.«

Die Kalenbergerin sieht sie von der Seite an: »Da süht Sei ook gerade na ut! Man mächtig lökrig is Jue Buuk! Awer eck, eck hebbe 'ne ganße Wost estohlen von 'n Schlachterkerl ut de Molle. Dat freut meck noch drei Dage nah minen Dode. Watt hebbe eck meck ehöget. Un wat hett de Kärel eßchimpet. Höhöhö!«

»Is sich serre selten«, fällt ihr die Polin in die

Rede, »hierr zu finden Wurst schweinerrne. Is sich vill besserr bei uns zu Hause in Wongrowitz, wo man findett serr oft Wurrst odder Knochenn. Sind sich Pollen nicht so ängstlich mit Eingrabben von alles Abfall, wie Leite hannovverrsches.«

»Ohle Döllmer«, krächzte sie die Kalenbergerin an, »worümme blivst denn nich to Huse? Tattern-volk! Erst hier rümmetobetteln un denn ßchimpen! Dat is de rechte Art von so'n Volk. Wat meinst', Nahwersche?« fragt sie dann die Eilenrie-dekrähe.

»Hast recht, hast recht«, antwortet die, und fährt dann leiser fort, »aöber das stimmt schon, anstellen tun sie sich heute, die Leute, da ist das Ende von weege. Alles einkuhlen und des-, na, wie heißt das ollé vermuckte Wort doch, so, desin-fizieren, das wird immer dummerhaftiger. Und mit der Raanlichkeit häöben se sich! Raanlichkeit muß sein, aöber was zu viel ist, ist zu viel. Auf 'm Schlachthofe, glauben Sie, daß sie däö ein Prie-pelchen Fleisch liegen lassen? I bewäöhre, jeden Fetzen fäöhren Se raus und roden ihn bei.«

»Sa'n Se mal«, fällt eine Berlinerin ein, »ob dett woll wahr is, wat ick heite jeheert habe, dat de Rennbahn hier uff de jroße Bult kommen dhun soll! Na, dett wär 'ne scheene Pleite für uns. Ick pfeife uff den janzen Sport: Rasse is Mumpitz, 'ne Abdeckerei is mich ville lieber. Det wird iberhaupt immer dammlicher uff de Welt!«

»Besser wird es überhaupt nicht«, meint die aus der Eilenriede. »Wenn ich noch daran denke, vor zehn Jäöhren, als die hohen Fuhren noch vor der Seelhorst standen! Was wäör däö wintertags für ein Leben; an die Tausend von uns schliefen däö. Aber die Leute, die Leute! Erst schmissen sie Giftbrocken hin, und als wir die nicht mehr näöhmen, da trieben sie das Holz ab. Ich häöbe denn bis vor zwei Jäöhren immer in dem Holze von Misburg geschläöfen, äöber da käömen die Jäger und schossen nach uns. Und seitdem gehe ich nach dem Aäöhltener Holze. Es ist däö jäö ’n bißchen gemischt, zu viele Sääötkrähen und sogäör Dohlen, äöber was soll ’n machen? Hier in der Eilenriede ist an einen ruhigen Schläöf doch nicht mehr zu denken. Noch bei nachtschläöfender Zeit läuft das Volk in ’n Holze herum, und überall sind Laternen. Die Welt wird immer dümmer!«

»Da haben Sie wieder recht, mein Süßing«, schnarrt die dicke graue Pommerin, »auch bei uns wird es immer schlechter«, und die Ostpreußin stimmt bei: »Bei uns da oben bei Känigsbarg ist es noch nicht so schlimm; aber weiter hinauf, auf der Nahrung, bei Rossitten, da assen die Manschen Krähenfleisch, und jetzt sitzt da ein Kärlche, Thienemann heißt er, der fängt die Krähen und macht ihnen Ringe um die Beine mit dem Datum darauf und bittet, daß man überall Krähen totschieße und ihm die Füße einschicke, der Wissenschaft wagen. Nu’ bitt’ ich Sie, was hat die Wissenschaft mit unsern Beinen zu tun. Der Mensch kommt jeden Tag auf neue Dummheiten.«

»Is sich serr rrichtig«, meint die Polin, »setzen sich bei uns in Pollen feeine Herren in Errdheiser, machen sich Uhu grroßes auf Pfahl; kommen sich Krähen an, um zu beißen Uhu dickköpfiges, schießen sich Herren feine dann mit Gewehrre auf Krähen, Hundsblutt gemeines niddertrrächtiges!«

»Dat dauet se hiertolanne ook«, meint die Kalenbergerin, »up de Vahrenwohler Heide und hier dichte bi-e, in der Seelhorst, da kümmt ook jümmerst so'n Vogelutstopper ut de Slägerstraate, Wiegand heit dat Lork, de kruppt in'n Busch, sett da so 'ne olle utstoppte Kattuhle henne, und wenn 'n denn antofleigen kümmt und will de Uhle einen wischen, pardautz, dann ballert de Kerl los. Awer eck falle up den Swindel nich mehr rin.«

»Wat eck awer noch seggen wullt: dat mit de Rennbahn hier up de grote Bult, dat drafft wi üsch nich gefallen laaten. Wenn eck man nich min Haus bi Degersen hätte, denn wüßt eck schon, wat eck dohn deihte. Laat se man koomen met öhre smächtrigen Päre! Eck wollt' se all ball up den Drab bringen. Mit den Snabel den Pären gegen die Oogen, wenn se öwer de Hürden wult, dat se dat Genick bräken! Ja! Dat wör dat Richtige! Dann schallt se hier woll wegblieb'n. Laat se doch wo anners herümmejöckeln. Meint Sei nich ook so?«

Die Eilenriedekrähe, an die sie sich wandte, nickt; sie weiß, daß gegen die Menschen nicht viel auszurichten ist. Und dann antwortet sie einer guten Bekannten, die aus hoher Luft ihr einen rauhen Gruß herunterschreit, macht die Flügel auseinander, läßt sich drei Fuß von ihrem Sitz fallen, steigt in die Luft und fliegt krächzend fort.

Und die andern alle krächzen und folgen ihr, über die Bahn, über Bischofshol bis zum Ahltener Holze, wo jeden Abend vom November bis zum März Tausende von Krähen schlafen.

SEIN LETZTES LIED

Ehe der Frühling den Bergwald bezwang, hatte es lange, sehr lange gedauert. Unten im Auwalde hatte er längst schon den Winter zum Kuckuck gejagt; da blühten Windröschen, Schlüsselblumen und Milzkraut schon, da flog Fuchs- und Zitronenfalter, da saß die Amsel auf dem vollen Gelege.

Aber auf der Höhe lag noch der Schnee. Da, wo die Sonne gut hin konnte, verschwand er schließlich; die Heidelbeere schwellte ihre Knospen, das Wollgras schob seine Kätzchen, die Kriechweide schmückte sich mit Gold, Fliegen und Bienen und Käfer summten und brummten, laichende Frösche knurrten in den Moorsümpfen, Molche ruderten in den Tümpeln über den klaren Granitgrus, und auf den leuchtenden Moospolstern grauer Steinblöcke sonnte sich die Bergeidechse und schnappte die Fliegen vom blühenden Sauerklee fort.

Hier, wo bisher nur der Kreuzschnabel lockte, Meisen pfiffen und das Goldhähnchen piepste, sang jetzt die Märzdrossel ihr Jubellied, schwebte der Baumpieper mit frohem Geschmetter hernieder, zwischerte die Braunelle, schlug der Fink, wippte die Bergbachstelze von Stein zu Stein, und hier stellte sich auch alles wieder ein, was vor dem herben Winter zu Tale geflohen war, der edle Hirsch und das schüchterne Reh, Reinke, der Schleicher, Lampe, der friedliche Mann, und des Gebirges stolzestes Geflügel, der Urhahn.

Ein alter Haupthahn war es, der zuerst die tieferen Lagen verließ und sausenden Fluges die Talschlucht entlang strich, berganwärts, dahin, wo selten der Förster hinkam und fast nie ein fahrender Stadtmensch. Dort, wo Moor an Moor den Kopf des Berges umlagert, wo nie die Axt kracht, wo die Fichten wachsen und fallen, wie sie wollen, hat er seit Jahren seinen Stand, lebt er sein heimliches Leben zwischen Felsblöcken und Baumtrümmern schon manches Jahr, sicher vor Kraut und Lot.

Aus einer wilden Trümmerhalde, die jäh zum Tal abschoß, hatte sich zwischen den gewaltigen Blöcken eine Eberesche einen Platz ertrotzt. Leicht war es ihr nicht geworden, und sie hatte sich viel winden und biegen müssen, ehe sie sich durchkämpfte. Wie der Leib einer Riesenschlange ringelte sie sich aus den grauen, von knallgelben Flechten gesprenkelten Blöcken hervor, wuchs waagerecht fünf Fuß über den Abgrund, und dann schoß der knorrige Stamm gerade empor. Jahr für Jahr versuchte der Sturm, ihn zu morden, wie er ringsumher die Fichten zerbrach, wenn der Rauhreif sie umsponnen hielt, aber der alte Ebereschenbaum wich und wankte nicht, denn allzu tief reichten seine Wurzeln in die Spalten, zu sehr hatten Frost und Sturm ihm Rinde und Holz gehärtet.

Von hier aus sang Jahr für Jahr während der Schneeschmelze der alte Hahn sein minnigliches Lied, wenn der Nebel wie eine Mauer in den Fichten stand. Jeden Morgen klang eine Strophe in das große Schweigen des Berges hinein, bis der Tag sich langsam aus dem Nebelbette erhob und drüben von der fernen Wand die Misteldrossel die

Sonne grüßte und unten das Land sich entschleierte. Pfiff der Frühwind auch scharf und hart, den alten Hahn focht das nicht an, sein Herz war heiß, seine Kraft zu groß. Der Kälte, dem Tauschnee und dem Eiswasser zum Trotz sang er sein seltsames, wunderliches Lied von dem alten Ebereschenbaum herab.

Wenn aber Braunelle und Drossel schlugen, Fink und Pieper schmetterten, Zaunkönig und Laubvogel jubelten, dann verschwieg der stolze Vogel, als schämte er sich, daß er, der ernste Kämpe, wie das geringe Volk zeigen müsse, daß auch ihm nicht anders um das Herz sei. Polternd strich er dann ab und fiel dort ein, wo die Hennen zwischen den mächtigen Steinblöcken nach kleinem Getier suchten und Knospen und Samenkörner auflasen, und er holte sich bei ihnen, was sein gutes Recht war als ihr Herr Gemahl und das ihm kein anderer Hahn länger als eine Viertelstunde streitig machte, ohne zerzaust und geschunden dorthin zu streichen, wo kein so grimmer Kämpe wie der Hahn vom rauhen Hang seinen Harem schirmte.

Wenn dann die Frühsonne so recht warm schien, daß das Moos wie Gold und die Sauerkleeblumen wie Silber leuchteten, wenn aus allen Fliegen Diamanten und aus allen Heidelbeerblüten Rubinen wurden, dann konnte es geschehen, daß hier in dieser Einsamkeit die Tannenmeise und das Goldhähnchen, der Laubvogel und der Zaunkönig ganz etwas Absonderliches zu sehen bekamen; denn nachdem der Hahn eine lange Weile schläfrig dagestanden hatte, schritt er gemessen den Hennen näher, schwang sich auf einen bunten Steinblock, daß die Sonne sein adelig Gefieder von allen Seiten bestrahlen konnte, spreizte die Schwingen, fächerte den Stoß, blies die Kehle auf und sang so herrlich, so wunderbar, so rührend, daß eine Henne nach der anderen die Käfersuche aufgab und ergriffen seinem Liede lauschte. Und es konnte auch vorkommen, daß der Hahn in seiner Verliebtheit polternd auf die Spitze einer der vom Wintersturme mißhandelten, vom Rauhreife zernagten Fichten einfiel und, ohne sich um den Hirsch oder das Stück Wildbret zu kümmern, das er aus dem Bette gescheucht hatte, von hier aus auf das ernsthafteste die Sonnenbalze betrieb. Ja, oft quälte ihn sein Herz so arg, daß er noch abends, wenn er sich auf seinem Schlafbaume eingeschwungen hatte, nicht gleich den Kopf versteckte, sondern noch einmal seine uralte Weise in die dämmernde Einsamkeit hinaussang.

Der Fuchs, der unter den Klippen herschnürte, spitzte die Gehöre und schlich weiter; er wußte, das war nichts für ihn. Eine Urhenne hatte er wohl schon einmal auf dem Neste gerissen, auch einst ein ganzes Gesperre vertilgt, aber an den alten Hahn war er noch nie herangekommen. Ein einziges Mal wäre es ihm fast geglückt, als der Hahn am Boden balzte, aber die Hennen hatten den Schleicher gewahrt und waren mit hellen Warnrufen davongepoltert, und hinter ihnen her ritt der Hahn ab, und der Fuchs hatte von seinem ganzen Waidwerken weiter nichts, als daß er die Witterung von der Stelle nehmen konnte, wo der Hahn gebalzt hatte; und daraus machte er sich nicht viel. So schlich er denn an dem Hang entlang, um zu versuchen, ob er tiefer unten nichts Besseres fände als nur Rüsselkäfer und weiter nichts als Rüsselkäfer, und wenn das Glück es wollte, eine magere Maus.

Aber es war noch jemand da, der das Balzen des Hahnes vernommen hatte. In aller Hergottsfrühe war er im Tale entlang geschlichen, immer die Rehwechsel entlang, und da war der Teckel des Försters auf seine Witterung gekommen und hatte ihn mit hellem Halse durch die Trümmerwildnis des riesigen Wildbruches gehetzt. Und als er sich in einer einsamen Klippe gesteckt hatte, hatten Menschenstimmen ihn verscheucht, und wieder war er bergan geflüchtet, bis er über den rauhen Hang gelangte, der alte Kuder aus dem Tale. Bis in den Spätnachmittag hatte er in einer Spalte geschlafen, aber dann hatte ihn der Hunger hinausgetrieben, und auf Sammetsohlen war er, bald eilig, bald langsam, durch die Wildnis geschlichen, an den Mooren entlang zwischen den Klippen hindurch, unter den gestürzten Fichten her, über die Blöcke, Rinnsale und Spalten hinweg, ohne mehr zu erwischen als eine einzige Spitzmaus, vor deren Moschusgeruch es ihn so ekelte, daß er sie liegen ließ. Wohl war er auf die Witterung von Auergeflügel gestoßen, aber soviel er auch suchte, er fand kein einziges Stück, und es gelang ihm noch nicht einmal, einen armseligen Pieper oder eine Braunelle zu greifen, denn das dichte Heidelbeergestrüpp schützte die Schläfer zu gut.

So war der Kater dann oben über den rauhen Hang gekommen und hatte mit hungrig leuchtenden Sehern dem Hasen nachgeäugt, den das Edelwild fortgetreten hatte. Mit aller Macht zog es ihn zu Tale, wo das Leben sich leichter lebt als im harten Berge. Dort unten wimmelte es im Niederwald von Mäusen, da ist ein Feldhuhn zu erwischen, eine Forelle zu angeln; aber leider gibt es dort auch Förster, die Eisen stellen, und Teckel, die hetzen. Immerhin ist es dort noch besser als hier, wo es keine Grünröcke und keine Hunde, aber auch nichts zu reißen gibt, wo der Nebel jeden Halm biegt und der Wind in schnöder Weise pustet. Kleinvögel sind hier wenig genug, und das große Geflügel, das hier seinen Stand hat, mehr als alte Witterung hat der Kater davon nicht gehabt heute abend auf seinem Birschgange. Mißmutig äugt er von der Klippe in das Tal hinab und will gerade umdrehen, um wieder gesegneteren Gegenden zuzuwechseln, da saust es über ihn fort, und dicht vor ihm, in der alten, krummen Ebersche, fällt es polternd ein.

Ehe der Hahn um sich geäugt hat, ist der Kater verschwunden. Stand er bisher hoch aufgerichtet auf der Kante der Klippe, so ist er jetzt völlig mit ihr verschmolzen. Wie ein langer, flacher, grauer Stein liegt er da. Die Seher sind bis auf einen schmalen Spalt geschlossen, die Schulterblätter ein ganz klein wenig hochgezogen, die Flanken heben sich beim Luftholen kaum, und nur das alleräußerste Ende der Rute zuckt ab und zu ein ganz klein wenig. So liegt er und äugt nach dem Hahne hin. Der äugt rund um sich her, reckt den Kragen, senkt ihn wieder, schüttelt sein Gefieder, ordnet es, wirft seine Losung ab, daß sie laut klatschend auf die Klippe fällt, überstellt sich, wörgt einige Male leise, ordnet hier und da noch eine Feder, wird mit einem Ruck lang und schmal, läßt die Flügel fallen, entfaltet sein Spiel ein wenig, sträubt den Kragen und beginnt erst schüchtern, dann kräftiger zu balzen.

Zweimal hat es den Kater schon durchzuckt, zweimal hat er sich bezwungen. Doch jetzt, wo der Hahn den Hauptschlag und das Schleifen beginnt, fliegt, wie von stählerner Feder getrieben, der Kater durch die Luft. Haarscharf hat er den Sprung bemessen, so scharf, daß seine Hinterpranken an dem Stamme der Eberesche noch Halt fanden, während er die Vorderpranken um den Kragen des Hahnes schlug. Mit heiserem Angstlaut will der Hahn abreiten, aber zu fest hält der böse Feind, zu scharf sind seine Krallen, so spitz die Fänge; wild mit den Fittichen schlagend, rasselt der Hahn, den Kater am Halse, durch das Geäst des Baumes den Hang hinab, daß das Edelwild, das sich dort unten an den jungen Sprossen äste, entsetzt von dannen flüchtet und mit langen Hälsen aus sicherer Entfernung vernimmt, wie das Rascheln und Rauschen, Brechen und Knistern nach und nach schwächer wird und schließlich ganz aufhört.

Im Nebel verschwindet der rauhe Hang; die Lichter im Tal erlöschen, der Abendwind pustet hohler, ein Reh schreckt irgendwo, ein aufgestörter Pieper klagt ängstlich. Schneewasser kluckst zwischen Gestein, in schneller Folge schlägt Tropfenfall auf eine Klippe, wie ein Uhrwerk tickend, weit, weit weg johlt im Tale die Bahn. Es wird Nacht im Berge.

Es wird wieder Tag werden. Hinter dem Horn-
felskegel wird es rosig schimmern; von der Wetterfichte an der kahlen Wand wird die Misteldrossel
singen, unter der hohen Klippe wird ihr die Zippe
antworten, Fink und Pieper werden wieder schlagen, Zaunkönig und Braunelle werden singen,
aber niemals wieder wird von der alten Eberesche
am rauhen Hange sein ritterlich Minnelied in den
grauen Morgen erschallen lassen, der es seit sieben Jahren hier sang.

GOLDHALS

Die Sonne verschwindet hinter dem Kamme des Berges, die Krähen rudern hastig am roten Himmel hin, die Misteldrossel beendet ihr Abendlied, und das Rotkehlchen schnurrt von dem dürren Zacken in sein Schlummerversteck.

Den lauten, lustigen Wesen des Tages folgen der Nacht heimliche, stille Geschöpfe. Aus dem faulen Laube schiebt sich der Salamander hervor, die Rötelmaus rutscht durch das Geknäk, die Spitzmaus schrillt im Krautwerk, und die Fledermaus zickzackt zwischen den Stämmen her.

Wie der Kauz dreimal ruft, vernimmt der Wanderfalke, der auf der Platte der hohen, grauen Klippe schläft, ein leises Kratzen unter sich. Er hält den Kopf schief, aber was er vernimmt, das ist ihm bekannt, und so zieht er den Kopf wieder ein, schließt die Augen und kümmert sich nicht um das, was unter ihm geschieht.

Fünf Ellen unter dem Falkenhorste läuft ein schmales Felsband an der Klippe entlang. Darauf huscht ein schwarzes Ding hin und her. Es ist lang und schmal wie ein Aal und schnell wie eine Natter. Es huscht lautlos nach rechts, macht einen spielenden Sprung, dreht eine Schleife, huscht nach links, tut wieder einen Sprung gegen die Wand und treibt dieses Spiel wohl eine Viertelstunde lang.

Dann wird aus der schwarzen Schlange ein dunkler Knäuel, der sich einen Augenblick ruhig verhält, dann zu einem schwarzen Pfahl emporwächst, der sich in seltsamer Weise dreht und krümmt, windet und biegt, so daß die beiden grünlichen Punkte bald rechts oder links, bald oben oder unten schimmern, und wird wieder zu einer schwarzen Schlange, die bald kriechend, jetzt kletternd, nun hüpfend von Zacke zu Zacke, von Vorsprung zu Vorsprung eilt und endlich oben auf der Platte der Klippe auftaucht.

Da sitzt er im Lichte des halben Mondes, er, Goldhals, der stärkste Edelmarder des Berges, der Schleicher und Schweifer, der Meister aller Künste, der Schrecken der Friedfertigen und Frommen, sitzt da in seiner ganzen braunseidenen Schönheit zwischen den blauen Glocken der Akelei und den weißen Sternen der Lichtnelke und tut, was er hier immer tut, er löst sich.

Dann keckert er höhnisch, denn er weiß, Schnapp Krähentot, der Wanderfalke, ärgert sich blau und blaß, wenn er morgens auf seinem Luginsland die frische Losung findet. Goldhals beschnuppert die Reste einer Krähe, die neben den Blumen liegen, dreht sie hin und her und stößt sie schließlich über den Rand der Klippe, daß sie rauschend in das Fallaub fallen. Dann überspringt er den tiefen Spalt zwischen der Zwillingsklippe, erreicht mit einem mächtigen Satze den tiefen Ast der Krüppellinde, holzt in ihr weiter bis zu der ersten Buche und fährt an ihrem Stamme herab.

Tapp, tapp, tapp geht es dann den Dohnenstieg entlang. Bei jeder Dohne macht er halt, aber jedesmal schnürt er mißmutig weiter. Endlich fällt ihm ein, wie gestern und vorgestern auch, daß um die Zeit, wenn der Bärenlauch stinkt, weder rote Beeren noch bunte Vögel in den Dohnen wachsen, er

verläßt den Dohnenstieg und schlägt den Pirsch-
pfad ein. Raschelt es da nicht? Goldhals wird zum
Pfahl. Richtig, dort, halblinks. Ein Satz, ein Quietschen, und eine fette Rötelmaus ist geliefert.

»Spaß muß sein«, denkt Goldhals, und läßt sie
los, faßt aber sofort zu, ehe sie in ihr Loch kann.
Siebenmal läßt er sie springen, siebenmal packt er
sie wieder, beim achten Male quiekt sie nicht
mehr. »Is doch was, sagte Schnabel, und brät sich
'ne Mücke«, meint Goldhals, als er die Maus binnen hat, und schleicht den Pirschsteig weiter. Da
raschelt es wieder. Hops, er hat es, aber »pfui Spinne!« ein Salamander. Er niest und prustet und
reibt den Fang im taunassen Moose, denn das ist ja
noch schlimmer als das Stück gepfefferte Wurst,
das er im Januar vor Heißhunger herunterwürgen
mußte. Schnell einen Mistkäfer hinterher, dessen
öliger Geschmack nimmt das Beißen fort.

Da ist die Köte, die wird aus alter Gewohnheit
erst abgesucht. Aber nur deswegen, denn im Mai,
da mag Goldhals keine trockene Wurstpelle und
harte Käserinde. Ein kleines Andenken mitten auf
den Tisch, das wird den Förster ebenso freuen wie
den Wanderfalken. Halt, da ist ja schon jemand!
Goldhals macht von der Pritsche aus einen langen
Hals. Ach so, Sie sind es! Ein kleines graues Ge-
schöpf sitzt dort und knabbert an einem Brotreste,
den es in den Pfötchen hält. Schon hat der Marder
es am Wickel. Einmal noch quietscht der Bilch
und zuckt mit der buschigen Rute, dann läßt er
alle viere hängen.

»Ein bißchen wenig daran«, denkt Goldhals, als
er den armen Siebenschläfer verspeist, »im Okto-

ber sind sie fetter«. Dreiviertel davon läßt er auf dem Tische liegen und legt seine Visitenkarte daneben, dann verschwindet er in den Pflanzengarten. Dort ist nichts, nicht einmal eine Maus, nur eine Kröte, die ihn mit entzündeten Augen boshaft ansieht. Goldhals schüttelt sich vor Ekel und huscht weiter, den Holzweg entlang, den Hang herab, an dem Born vorbei, in dessen Staubecken die Unken läuten, in den Schälwald hinein und hinaus, bis an den Bach. Dort gibt es immer etwas junge Wasseramseln oder Bergbachstelzen, einmal sogar sechs junge Eisvögel auf einmal, fett wie Schnecken; ein anderes Mal erwischt er eine zweipfündige Forelle, die nach einem Maikäfer aufging, auch fette Reitmäuse lebten dort, und wintertags gab es dort Schlehen und Hagebutten. Heute gab es gar nichts als Unannehmlichkeiten. Der Waldkauz wurde unverschämt. Er hatte seine drei quappenfetten flüggen Jungen in der Eiche sitzen und stieß in einem fort knappend und fauchend nach ihm, bis er geärgert in den Wald zurückkehrte.

»Gibt es unten nichts, gibt es oben vielleicht etwas«, dachte Goldhals und huschte an einer Eiche empor. Dort saßen drei Eichkatzenkobel. Im ersten war nichts, im zweiten dasselbe und im dritten ebensoviel. »Wenn es so beibleibt«, dachte Goldhals, »dann kann ich Maikäfer fangen«, und wütend holzte er von einer Eiche zur andern. Halt, da riecht es ja nach Specht! Hinein mit der Nase in das Loch. Autsch, da hatte er eins darauf. Mutter Spechten versteht keinen Spaß. Als er sich verdutzt die Nase reibt, saust sie an ihm vorbei. Hops, jawohl, das ging daneben. Aber die Jungen! Ach ja, der Specht ist auch nicht so dumm, er macht das Loch nicht so groß, daß ein Marder hinein kann.

»Wenn nicht, denn nicht«, faucht der und holzt weiter. Sitzt da nicht ein Taubennest? Ja, da sitzt ein Taubennest! Taubeneier schmecken fein, junge Tauben noch viel feiner; natürlich nur, wenn man sie hat. Das ist dieses Mal nicht der Fall. Klapp, klapp, da geht die Taube ab mitsamt den Eiern, die sie erst legen will. »Na, dann ein andermal!« tröstet sich Goldhals, aber davon wird er auch nicht satter. Aber da fällt ihm etwas ein. Richtig, daß er daran nicht früher gedacht hat. In der alten Wetterfichte am Bullerborn schlafen ja immer die hagestolzen Ringeltäuber. Mehr als einmal hat er sich einen von ihnen dort gelangt. Darum schnell den Stamm hinab, in die Klippen hinein, die Schlucht hinauf und hinab, am Steinbruch vorbei, in dem das Käuzchen sitzt und gräßliche Gesichter schneidet, weil das Maikäfergewölle, das es herauswürgt, ihm heftig im Halse kratzt, den Pirschweg unter dem Hang entlang, rechts ab nach dem Erdfall hin, in dem Murrjahn Grämlich, der Dachs, nach Untermast sticht, am Steinkreuz vorüber, wo man den Förster erschossen fand, zum zweiten Erdfall, in dem die Geburtshelferkröten ihr Glockenspiel rühren, vorüber an der Schutzhütte, an den beiden Grenzsteinen, am Wegweiser, auf dem die Ohreule sitzt und so kläglich unkt, als habe sie Leibweh, und dann ist er da.

Da steht sie, die von allen vier Winden zerzauste alte Fichte, und läßt ihre zerrupften Zweige hängen. Goldhals schnüffelt um ihren Stamm herum: Taubenfedern mit frischer Witterung, frisches Gestüber, die Sache ist richtig! Aber nun Vorsicht, daß die schlafenden Bauchredner nicht aufwachen! Langsam erklimmt er den Stamm, springt von Aststumpf zu Aststumpf mit sicherem Satz, holzt den ersten Ast entlang, vermeidet geschickt das dürre Gezweig, gewinnt den zweiten Ast, den dritten, vierten, fünften, hält inne, zieht sich auf den nächsten Zweig, faßt den folgenden, schleicht darauf entlang und hängt sich an den Stamm.

Der Fall muß überlegt werden. Da sind sie; der Mondschein macht sie kenntlich. Aber rundherum spreizt sich dürres Gezweig. Goldhals überlegt; heranschleichen geht nicht, denn einige sind schon erwacht; er hört, wie sie sich schütteln, und einer hat sich eben überstellt. Da bleibt nichts weiter übrig, als fest darauf zugehen; also den Rücken krumm, die Schultern hoch, ein Satz, das Dürrholz bricht, noch einer, Rindenschuppen prasseln, und jetzt der letzte Sprung, und da poltern die Täuber ab, und Goldhals sitzt da, starrt ihnen mit den grünschimmernden Sehern nach und hört ihrer Fittiche klingenden Schlag verhallen. Der halbe Mond aber grinst spöttisch auf ihn herab.

Goldhals rutscht in einer Schraubenlinie den Stamm hinab. Wütend ist er nicht mehr, aber geknickt. Er schleicht zum Kleestück, aber die Mäuse sind seit dem letzten Märzregen selten geworden. Er sucht die Raine entlang, aber Ammer und Lerche haben dort nicht gebaut. Überall riecht es nach Has' und Huhn, aber antreffen tut er nichts. So würgt er mißmutig einen Maikäfer nach dem anderen hinab und hofft, daß ihm der Morgen Besseres bringt.

Schon flötet die erste Drossel im Berg, schon steigt die erste Lerche. Der Kauz hört auf zu rufen, die Unken stellen ihr Läuten ein, und immer noch sucht Goldhals im taufeuchten Felde, die Wasserfurchen entlang schleichend, die Koppelwege hinauf- und hinabhuschend; aber kein Hummelnest findet er, keinen bewohnten Hamsterbau, kein Hühnergelege, kein Junghäschen. Und wenn ihm der Magen auch schief hängt, es wird Zeit, an den Heimweg zu denken. »Der Tag ist keines Marders Freund«, das hat die Mutter ihn gelehrt.

Dreihundert Schritte vor dem Walde stutzt er und richtet sich auf: Der graue Pfahl dort vor ihm bewegte sich doch? Und daneben, die zwei braunen Dinger, erst recht? Und jetzt trägt der Wind ihm die bösen Witterungen zu, die die Mutter ihn meiden hieß, die Witterung von Mensch und Hund.

Mit einem Riesensatz ist er im nassen Klee. Höchste Zeit, denn da hört er es zischen, flüstern: »Hu faß!«, und hinter ihm her keucht es. Schnell in den Brombeerbusch, wo er am dicksten ist. Aber die Hunde achten der Dornen nicht. Heraus und in den Wasserdurchlaß! Aber auch dahinein folgen ihm die Teckel. Und über der Erde poltert es. Schnell aus dem anderen Ende hinaus, aber das geht nicht, ein schwarzes nach Hund riechendes Ding steckt darin.

Da fährt Goldhals herum und will den Hund überrollen! Der aber faßt zu, jault auf, denn scharfe Fänge griffen um seine Lefzen, aber jetzt fühlt sich Goldhals vom andern Teckel am goldenen Halsfleck gepackt, und heraus geht die Balgerei aus dem Durchlaß, draußen greift der erste Dackel ihn am Hinterteil, und so wird Goldhals langgezerrt; zwei auf einen, das ist auch zu viel, und nun weiß er, daß es aus ist mit Freijagd und Berg und Busch und Minnefahrt über Stock und Stein. Noch einmal, ehe sein Bewußtsein erlischt, fällt der Mutter Warnung ihm ein: »Der Tag ist keines Marders Freund, die Nacht ist gut und lieb.«

Mitten in dem einsamen Bergwalde liegt ein tiefer
Erdfall. Jäh stürzen die grauweißen, zerborstenen
Gipsfelsen an seinen Steilwänden ab. Eine Fichtendickung, ein schwarzer, verfilzter Klumpen,
umringt ihn zur Hälfte. Ihr gegenüber am anderen Rande ragt aus weichem, leuchtendem Moose
eine steinerne Säule empor, ein grober, unge-
schlachter Block. Die Inschrift, die das Denkmal
trug, ist nicht mehr zu deuten. Schwach hebt sich
aus der grauen Flechtenkruste ein kunstloses
Kreuz ab, roh in den Stein gemeißelt, und ebenso
grob hineingehauen ist das gestielte Dreieck daneben. Es soll ein Beil vorstellen.

Kein Mensch weiß, zu wessen Gedenken der
Blutstein gesetzt wurde. Aber er machte den Wald
unheimlich. Kein Bauer, kein Holzarbeiter geht
gern allein hier vorbei. Es geht da um. Man hört es
rascheln und sieht nicht, was da geht. Man hört es
schreien und weiß nicht, von wem. In der Dämmerung tanzen grüne Lichter um den Stein. Der alte
Waldwart hat sie oft gesehen.

Auch heute, an diesem hellen Maienmorgen,
sieht er unhold aus, der graue Block. Unheimlich
sind die Blumen, die um seinen Sockel blühen:
blasser gedunsener Aronstab, menschenhautfarbi-
ger Schuppenwurz, der Vogelnestwurz, wachsgel-
be Blütengespenster, der Nachtviole leichenfarbe-
ne Blumen. Das Reh, das am Rande des Erdloches
entlang zieht, verhofft jäh, äugt nach dem Mordsteine, windet, tritt hin und her und flüchtet laut
schreckend von dannen. Eine Märzdrossel, die mit

einer bunten Schnecke im Schnabel auf einem Felsbrocken einfällt, läßt ihre Beute fallen und stiebt mit Gezeter ab. Der Rotspecht, der vorüberschnurrt, hebt sich höher und schreit entsetzt auf. Der Holzschreier wendet jäh seinen Flug und kreischt voller Angst. Auch das Rotkehlchen flattert mit Furchtgeschrille davon.

Der graue Felsblock am Sockel des Mordsteins, schwarz gestreift von den Schlagschatten der Eschenzweige, gelb gefleckt von einfallendem Lichte, hat Leben bekommen. Er reckt sich, streckt sich, läßt eine grau und schwarz geringelte Schlange sich winden und drehen, rundet sich, dehnt sich und bläht sich, wird lang und dünn und kurz und dick, läßt zwei grüngelbe Lichter aufblitzen, eine rote Flamme aufleuchten, duckt sich, schnellt sich empor und bildet plötzlich eine seltsame Bekrönung des unheimlichen Steins.

Sie haben alle recht, die da sagen, bei dem Warloche gehe es um, da schleiche unhörbar ein Gespenst, da schreie ein unsichtbarer Kobold, da blitzten grüne Augen. Has' und Reh, Eichhorn und Haselmaus, Drossel und Rotbrüstchen, sie kennen es allzugut, das graue Gespenst, das leise heranschleicht und lautlos zufaßt mit unfehlbarem Griffe und sicherem Biß. Die letzte Wildkatze des Tales ist es, die im alten Mutterbau auf dem Grunde des Warloches haust, ein Kuder, so stark wie ein alter Fuchsrüde.

Oben auf dem Denkmale bleibt er eine Weile sitzen, den Sonnenstrahl genießend, der durch das Eschenlaub auf seinen Rücken fällt. Dann stellt er sich aufrecht, reckt die Lunte steif empor, rundet den Rücken, macht ihn lang, reckt sich und gähnt, setzt sich, wäscht und putzt sich und ist im Nu wieder am Boden, wo der alte Holunderbusch den schiefen Stamm über das Erdloch schiebt. Der Kuder reibt, wohlig schnurrend, den Rücken an dem rauhen Stamm, dann fährt er zurück, springt vor, versetzt der Rinde einen Prankenhieb, zieht die Krallen durch die Rinde, ganz schnell viele Male und dann wieder ganz sacht, bis die Rinde wund ist und stechender, dumpfer Duft ihr entströmt. Und da wirft sich der Waldkater schnurrend und murrend und knurrend gegen sie, streichelt sie zärtlich, drückt die Nüstern an sie, versetzt ihr grausame Krallenhiebe, reißt Bastfetzen herunter, wirft sich auf den Rücken und zerfetzt das starkriechende Laub mit langsamen Griffen und schnellt plötzlich auf alle vier Läufe, zu Stein erstarrt, die Gehöre steil aufgerichtet, und lautlos gleitet er an der Gipswand hinab.

Es knickte ein dürrer Stengel, es knitterte ein trockenes Blatt, leise, ganz leise, aber doch nicht so leise, daß des Katers scharfes Gehör das Geräusch nicht richtig deutete. Das war nicht Reh und nicht Has' und war nicht Vogel und war nicht Maus, das war nicht Bauer und war nicht Magd, das war die seltsam riechende Sohle, die seit dem letzten Vollmond den Wald durchschleicht.

Tief unter der Erde, hinter der steilen Gipswand, da liegt der Kater in sicherer Ruh. Kein Grabscheit stört ihn dort, kein Rauch erreicht ihn da, kein Hund kann zu ihm heran. Da sind Gänge, die der Dachs grub, den der Fuchs vertrieb, der die Fluchtröhren scharrte. Da sind jähe Spalten und steile Kanten, und hinter ihnen verrotten die Gerippe der Teckel, die an Dachs und Fuchs und Katze jagten und niemals wieder zutage kamen. Dort ist so weich der Mulm und so trocken der Lößboden, warm ist es da zur Winterszeit und sommertags so kühl. Dort ist der heimliche Jäger in guter Hut und kann den Tag verschlafen und träumen, soviel er mag.

Er schläft und träumt. Die Rutenspitze zuckt, die Krallen schlüpfen aus dem Sammet der Pranken heraus, greifen in die Luft und verkriechen sich wieder. Alte Bilder brachte der Traum. Von jener Zeit, als der Kater noch ein Kätzchen war, das mit seiner Mutter buschiger Lunte spielte, als das erste der drei Geschwister, das den Wert der Krallen erkannte. Er hatte als erster die Maus an sich gerissen, die die Kätzin zu Bau trug, zuerst den Siebenschläfer geknickt, die flügge Drossel gewürgt, den Junghasen totgequält, ehe die Geschwister es sich trauten. Und als erster hatte er geweidwerkt, sich an das Eichkätzchen herangepirscht, als es Pfifferlinge suchte, es im Sprunge gerissen und stolz zum Warloche geschleppt.

Er erwacht, blinzelt um sich, reckt sich und steigt bedachtsam über die Kanten und Spalten. Mitten in der kleinen Lichtung und Fichtendichtung mündet das Notrohr, das der Fuchs sich scharrte. Kein Jäger findet es; ein breitverzweigter Fichtenast spreizt sich darüber hin. Immer ist es dort überwindig und trocken, und es kommt Sonne genug dahin. Und so weich ist das rote Nadelwerk und das seidene Moos. Da träumt es sich noch besser als unter Tage von heimlichen Pirschgängen in lauen Sommernächten, von Fischweid im Februar am Klippenufer des Baches, wenn die Forelle laichdumm ist und sich so bequem am Ufer angeln läßt.

Über Minnefahrten läßt sich dort nachsinnen. Weit weg führen sie in rauher Berge schwarze Fichtenwälder, denn ringsumher lebt keiner mehr vom Geschlechte der freien Katzen. Als die alte Kätzin todwund zu Bau gefahren kam, mit zersplitterten Knochen, als sie kalt war und die Witterung verlor, da hatten sich die drei Geschwister zerstreut. Sie fanden sich nicht wieder zusammen, trotz des Ältesten allnächtlichen Sehnsuchtsrufes einen ganzen Hornung hindurch. Da war er fortgezogen, hatte tagsüber in Felslöchern und Dachsbauen geschlafen, zwei Zehen in einem Eisen gelassen, sich mit einem schnellen Hunde gebalgt, Schrote hatten seine Keulen geschrammt und eine Kugel ihm Felssplitter um den Kopf gesprengt. Da zog es ihn wieder in das heimatliche Tal zurück.

Im Februar aber trieb es ihn, wenn er in Busch und Klippe Nacht für Nacht umhergestrichen war, kläglich nach Minnelohn jammernd, hinaus in die Fremde, über kahle Felder, in unbekannte Wälder, wo er seinesgleichen antraf. Grimmige Gefechte hatte er bestehen müssen mit freien Katern, zerrissen war oft sein Balg und rot seine Pranken, aber immer hatte er obgesiegt und seine Lust büßen dürfen. Aber allzu gefahrvoll wurden ihm die Minnefahrten, und so strich er nachts an dem Dorfe entlang, trieb die unfreien Kater vor sich her und jagte ihnen ihre Bräute ab, und die

Bauern fanden es verwunderlich, daß die jungen Katzen in ihren Ställen von Jahr zu Jahr grauer wurden und dickere Köpfe, rauheres Haar und kürzere Schwänze bekamen. Als aber der Jäger, der jeden Juli hier auf den roten Bock weidwerkte, ihnen sagte, in den Katzen stecke wildes Blut, da lachten sie und sagten, die letzten Wildkatzen in der Gegend hätte der Förster vor sechs Jahren im Eisen gefangen und an die Schule der Kreisstadt gegeben.

Der Jäger aber spürte nach jedem Regen alle Wege ab, und er sah sich jeden alten, geschundenen Holunderbusch an und strich um jeden Bau und lauerte an allen Uferstellen, wo er die Reste von Forellen fand, und saß stundenlang vom Abend bis tief in die Nacht auf dem Hochsitz, bei unsicherem Mondlicht in den Wald spähend, und ließ sich auslachen von dem Förster und von den Holzarbeitern, weil es ihm dieses Jahr mit den Böcken nicht glücken wollte, denn er hatte sich gelobt, nicht eher wieder den Finger auf einen Bock krumm zu machen, bis daß das Kitz gerächt sei, das er im Busche fand, mit den Krallennarben an der Kehle und dem säuberlich benagten Blatt. Denn daß das der Fuchs nicht gewesen war, das stand für ihn fest.

Und so hatte er vorgestern und gestern, wie die Tage vorher, vor Tau und Tag die Krone der alten Samenbuche erstiegen, die oberhalb des Warloches an dem Zwangspasse zwischen den grauen Klippen steht, sich im Frühwind vor Frost geschüttelt, in der Mittagsglut vor Hitze geseufzt und sich nicht gerührt und geregt und immer nur auf die

Sohle des Erdfalles, nach dem schwarzen Flecke an der Wand, der grauen Gipswand, gestarrt. Und einmal, als ihm der Schlaf Sand in die Augen warf und er fester in den Riemen hineinsank mit dem er sich an den Stamm geschnürt hatte, da hatte er geträumt, die Wildkatze stände unter ihm, und war wach geworden. Und als er sich die Augen rieb, da stand sie auf dem Blutsteine und verschwand, ehe er den Dreilauf von dem Astzacken nehmen, scharf machen und anbacken konnte, wie ein Schemen, wie ein Traumgesicht.

Wie er dann, müde und verärgert, jeden Fleck um die Fichtendichtung abspürte, da fand er die starke Katzenspur, und jeden Raum zwischen den Jungfichten absuchend, stieß er auf das Notrohr und überlegte nicht lange und verwitterte es nach Jägerart in gröblicher Weise, um den Kater zu zwingen, dort aufzutauchen, wo er ihm sichtig kommen mußte. Und jeden Tag verwitterte er das Notrohr von neuem, und alle dicken schwarzen Käfer und alle fetten blauen Fliegen wußten das bald und brummten und summten nach der Dikkung hin, und nun auch an diesem Spätnachmittage war dort ein großes Gebrummse und Gesummse.

Der alte Kater will dort den Abend erwarten. Langsam schiebt er sich in dem Notrohr entlang. Schon von weitem vernimmt er das Summen und Brummen, und die üble Witterung fällt ihm ziemlich auf die Nerven. Er reckt sich, schiebt sich vor und starrt nach der Lichtung. Dann fährt er zurück und schleicht über die Felszacken, springt über die Spalten und bleibt lange nachdenklich auf seinem Schlafplatze sitzen. Endlich schiebt er sich voran, Zoll um Zoll, bis er sich der Mündung des Hauptrohres nähert. Da verhofft er lange Zeit, windet und äugt, bis Mausepfiff und Jungvogelgepiepe seinem Magen heftiger zusetzen. Da steckt er den dicken Kopf aus dem schwarzen Loche und äugt an den Gipswänden entlang.

Kein Blatt rührt sich, es regt sich kein Halm. Fern pfeifen die jungen Käuze, im Stangenort ruft ein Kitz nach der Ricke, Mäuse schrillen, die Fledermaus zwitschert, Rotkehlchen singt sein letztes Lied. Lautlos schleicht der Kater an der Schattenseite des Felskessels entlang, unhörbar schnürt er an der Wand empor, unter dem Holunderbusch verharrt er lange reglos, den Kopf hin und her wendend, jedes Abendfalters Schwingenschlag, jedes Käfers Gekrabbel vernehmend. Und nun steht er auf dem Mordsteine, setzt sich und äugt ringsumher.

Ein ganz leises Kratzen in der alten Buche reißt seinen Kopf herum. Aber oben aus den Kronen der Bäume kam noch nie ein falscher Laut, eine gefährliche Witterung. Lange starren seine grünen Seher in den breiten Wipfel. Es lebt und webt da etwas. Vielleicht der Siebenschläfer oder eine Taube, die sich im Schlafe rührt, ein Häher oder die Eule.

Ein roter Blitz zerreißt die Dämmerung, ein Hagelgeprassel zerschmettert den Holunderbusch, ein Donner fällt in die Ruhe des Waldes, Stinknebel tanzt blau um den Silberstamm der Buche; die Taube prasselt durch das Laubwerk, der Hase rauscht durch das Gekräut, der Berg wirft den Donner zurück und trägt der Rehe Schrecken heran.

In der alten Buche raschelt und knistert es. Etwas Großes, Graues klettert in ihrem Astwerk, steigt langsam herab, fällt dumpf zu Boden. Ein Lichtchen brennt auf, fährt hinter ein Glas, eine Flamme leuchtet, tanzt nach dem Blutsteine und schwebt um ihn herum, den Stein beleuchtend und ein braunes Mannesgesicht rot färbend.

Die Augen des Jägers leuchten auf. Rote Flekken findet er auf dem grauen Stein und ein graues Büschel an einem roten, nassen Fetzen, der zwischen den zerschossenen Flechten hängt. Und weiter nichts, gar nichts. Auch nicht an den Wänden des schwarzen Schlundes, auch nicht auf dem Schotter der Sohle des Erdfalles, auch nicht in der Mündung des Baues. Er führt einen belaubten Zweig hinein und zieht ihn heraus, jedes Blatt ableuchtend. Nichts! Doch, hier ein winziges Fleckchen Schweiß.

Der Jäger wirft sich lang hin, schiebt sich vor den Bau, legt das Ohr vor das Rohr, hält den Atem an und lauscht. Schwach, als wäre es unendlich weit, ertönt ein einziger dünner kläglicher Laut, einmal nur, und dann nicht mehr.

Der Holunderbusch wird keinen Krallenhieb mehr spüren, kein Kitz klagt mehr unter dem Prankengriff, keine Forelle fliegt mehr im Bogen auf den Uferschotter.

Der Letzte von der Sippe der freien Katzen weit und breit ist nicht mehr.

BÖBCHEN

Unser Bob war das, was man so im Volke unter einem Terrier versteht, denn er war kurzhaarig, von weißer Farbe mit schwarzen Flecken, zu kurz kupiert und äußerst frech, mithin ein Terrier. Er hatte auch Terrierblut in sich, ganz entschieden, und er war auch ein hübscher Hund, das sagte jeder, und wer langen Fang, hartes Haar usw. von ihm verlangte, dem wurde bedeutet, daß Böbchen kein Schablonenterrier sei, sondern eine Individualität und mehr auf persönliche denn auf generelle Rasse Wert legte. Seine Mutter hatte übrigens blauestes Terrierblut, aber entschieden die Tendenz nach unten gehabt, denn Bobs Vater war unbekannt und blieb es, denn: la recherche de la paternité est interdite. Hatte Bob also nur einen halben Stammbaum, so besaß er dafür eine doppelte Portion von Temperament. Leider hatte er verhältnismäßig wenig Verwendung dafür, sintemal er ein Damenhund war. Er gehörte nämlich meiner Schwiegermutter und spielte sich als einziges männliches Wesen in der Familie vollkommen als Hausherr auf.

Aber ein Jahr dauerte es, ehe die Frage halbwegs entschieden war, wer nun Herr im Hause sein sollte, Bob oder ich. Bob benahm sich, als ob ich nichts zu sagen hätte. Das durfte ich mir nicht gefallen lassen und trat ihm kühn entgegen. Von seiner Seite wurde der Kampf mit stundenlangem Kläffen oder Piepen, Kratzen an den Türen und heiserem Wutgebell geführt, von mir mit der Zwille und Schrot Nr. 6. Die raffinierte Technik siegte;

Bob erkannte meine physische Überlegenheit in gewisser Hinsicht an, besonders wenn es ihm gerade paßte, und gehorchte mir, aber nie ohne sein historisches Recht dadurch zu betonen, daß er »bö« sagte. Im übrigen liebte er mich trotz der Zwille und ungeachtet einer seiner Ansicht nach völlig unzweckmäßigen gelegentlichen Verwendung meines rechten Absatzes. Er liebte mich allerdings mehr mit dem Verstande, mehr aus praktischen Gründen, denn aus innerer Neigung; er liebte mich, weil ich mit ihm spazierenging, sehr weit spazierenging, ohne ihn anzuleinen, weil ich ihn Emailletöpfe apportieren ließ, ihn Steine aus dem Wasser tauchen ließ und die Stellen kannte, wo es Feldmäuse, Hamster und Zaunigel gab. Er war von Natur ein Mäusefänger. Lief eine Maus durch die Waschküche, dann stand er regungslos und wartete, bis die Maus wiederkam, und ruhig und besonnen faßte er zu. Dann ging er zu einer von den Damen des Hauses, legte die Maus auf ihre Schuhspitze und machte hübsch; das hieß: »Ich bitte um ein Stück Zucker zum Lohne!«

Aber wilde, richtige wilde Mäuse auf der Stoppel zu jagen, das war doch etwas anderes, das war noch schöner, als Emailletöpfe zu trudeln und Seife und Ätherflaschen zu bekämpfen. Jawohl! Seife beißt, Äther auch, also sind es wilde Tiere, und wilde Tiere gehören totgebissen, meinte Bob. Und so verbellte er die Seife, als wäre sie ein Igel, und biß hinein und schimpfte und fluchte, daß ihm der Schaum vor der koddrigen Schnauze stand. Genau so machte er es mit brennenden Zigarrenstümpfen. »Sterben mußt du«, dachte er, »und wenn du noch so beißt«, und schließlich kriegte er sie tot. Aber so ein richtiger dicker Zaunigel, das war doch noch schöner, und das Beste war ein Hamster, ein ganz dicker und fetter, der sich gehörig wehren konnte; denn ein Hamster, der ist doch reeller als die infamigen Schweinskatzen, die das unfaire Auf-die-Bäume-Geklettere nicht lassen können, dachte Böbchen. Aber wehe der, die er erwischte; sie mußte hin werden, vorausgesetzt, daß es eine alte war, denn jungen Katzen tat er nichts, weil er zu kinderlieb und zu sehr Kavalier war.

Letzteres ging daraus hervor, daß er liebendgern Sekt trank, nur mußte er sich etwas beruhigt haben, und dann aß er Spargelköpfe für sein Leben gern. Leider brach das väterliche Erbteil immer wieder bei ihm durch. So war er in seinem weiblichen Umgange gar nicht wählerisch und verkehrte mit den proletarischsten Hündinnen, was ihm den Haß des ganzen Stadtviertels einbrachte. Wenn ihn die Hunde des Kohlenfuhrmanns von weitem sahen, dann murrten sie dumpf, und das sollte heißen: »Den ganzen Tag nischt tun, als bloß fein fressen, und wir können nachher die Alimente bezahlen, wo wir doch Tag für Tag mit dem Kohlenwagen gehen und aufpassen müssen!« Aber Bob feixte sie frech an und knurrte ihnen zu: »Seht euch bloß vor, ich habe eine Zwille.« Und das glaubten ihm die Schafsköpfe wirklich. Einmal aber hatten sie ihn doch zu fassen bekommen, und er kam als Beefsteak à la Tartare nach Hause. Gerade hatte der Tierarzt ihn zurechtgeflickt, und ich hielt ihn, während ich mich von dem Arzt verabschiedete, in der Haustüre auf dem Arme. Da ging der eine Kohlenhund vorbei und machte eine höhnische Bemerkung. Im Hui war Bob von meinem Arme herunter und stürzte auf drei Beinen auf ihn los, und da Bob halb in weiße Leinwand genäht war, kratzte der andere Hund entsetzt aus.

Merkwürdig war es, daß ihm bei seinen nächtlichen Debauchen nie etwas zustieß. Er konnte wochenlang den anständigen jungen Mann von Erziehung markieren, aber mit einem Male blieb er über Nacht aus. So um vier oder fünf Uhr in der Frühe piepte er vor der Haustüre; machte man dann nicht sofort auf, so schlug er einen Riesen- oder Abgottskrach. Außerdem machte er es so wie manche Männer, er beugte vor und schnauzte, sobald er in das Haus kam, damit er nicht angeschnauzt wurde. War er dann im Hause, so ging er nicht in die obere Etage zu meiner Schwiegermutter, sondern in das Erdgeschoß in unsere Küche, wo er sich unter den Herd legte. Da blieb er den ganzen Tag liegen, roch nach Bier und gemeinen Zigarren, aß nichts und soff abscheulich viel Wasser, solchen Brand hatte er, und duftete übel. Anfangs wußten wir nie, wo er gewesen war; später bekamen wir heraus, daß er in einer Destille in der Nachbarschaft verkehrte, wo es einen tadellosen Harzkäse gab. Außerdem mußte er noch anderswo verkehren, denn als er einmal wieder einen ausschweifenden Lebenswandel geführt hatte und ohne Halsband, aber mit einem Bombenjammer, sehr dreckig und voll von Flöhen heimgekehrt war, kam ein Herr, gab sein Halsband ab und sagte, Bob pflege öfter bei ihm zu schlafen; er ginge durch das Gitter, hüpfe auf die Veranda und von da in das Eßzimmer, wo er auf dem Sofa schlafe. Als wir Bob nach Details fragten, wurde er grob, wie immer in solchen Fällen, denn das fand er taktlos.

Er war in jeder Beziehung merkwürdig. Er trank nur aus einem Glase. Wenn man ihm sagte, er solle zusehen, ob oben jemand zu Hause wäre, lief er die Treppe hinauf, hängte sich an den Klingelzug und läutete, daß das Haus bebte. Wenn er ganz fest schlief und man flüsterte: »Brauner Kuchen!«, so hörte er das sofort, obschon er manchmal tat, als wenn er stocktaub wäre. Wenn es draußen nichts anderes gab, bog ich ihm einen Ast herunter, und dann hängte er sich daran, schwebte frei in der Luft und zerrte knurrend eine halbe Stunde lang herum. Er litt an Zahnschmerzen und war dann oft sehr verdrossen, denn er hatte sich an Steinen und Emailletöpfen alle Zähne kaputtgebissen; aber als er schon zehn Jahre alt war, brauchte man nur an einen zentnerschweren Stein oder an einen Straßenbahnmasten zu klopfen und zu sagen: »Schönes Steinchen!«, und dann versuchte er, mit furchtbarem Getöse das Ding vor sich herzutrudeln, wie er es vor dem Tore stundenlang mit Emailletöpfen und Blecheimern zum Vergnügen der Einwohner machte. Niemals aber brachte er so ein Möbel mit nach Hause; sobald wir in die Nähe der Stadt kamen, stellte er den Pott in den ersten besten Hausflur. Als ich jedoch mit ihm einmal verreiste und in eine kleine Stadt kam, wo ihn niemand kannte, trudelte er seinen Pott durch das ganze Nest und nahm ihn in das Gasthaus mit. Außerdem fraß er sehr gern Zwetschen, deren Steine er mit hörbarem Avec aus der linken Maulecke spuckte.

Als ich ihn kennenlernte, war er ein Augentier; seine Nase brauchte er höchstens, um sich von der Beschaffenheit der Atmosphärilien, die dem Erdgeschoß entströmten, wo die Küche lag, zu überzeugen. Er kannte jeden Freund des Hauses von weitem; wenn er vom Fenster plötzlich zur Erde sprang und piepend nach der Türe lief, dann wußten wir, daß es Besuch gab; nie benahm er sich so, wenn der Briefträger kam. Als dann Muk, der blondgelockte Teckel einzog, brachte der ihm bei, daß der Hauptsinn des Hundes die Nase sei, und Bob, den jede Hasenspur und alle Rehfährten bis dahin völlig kühl gelassen hatten, fand allmählich Gefallen am Jagen auf der frischen Fährte, trotzdem er damals schon zehn Jahre alt war. Aber so recht kam er nicht dahinter, fiel jede neue Fährte an, die die andere kreuzte, bis es ihm zu dumm wurde und er reuevoll zu seinem Blechtopfe zurückkehrte. Wenn er sich auch manchmal etwas formlos gab, in einer Beziehung hielt er streng an der hergebrachten Sitte.

Ich hatte später einen Teckel namens Putt Battermann, einen lieben Hund; ich würde den König und den Kronprinzen von Serbien, Castro, und andere entbehrliche Gegenstände mit Wonne hergeben, könnte ich Battermann damit wieder lebendig machen. Dieser Hund hatte eine eigentümliche Angewohnheit, oder vielmehr, er hatte sie nicht; denn wenn er ein größeres Geschäft erle-

digt hatte, machte er nie die üblichen drei Kratzfü-
ße hinterher. Als Bob das sah, war er starr, ganz
schnell lief er hin und scharrte, um dem dummen
jungen Hunde zu zeigen, was sich gehöre. Aber
Battermann erklärte ihm, das habe erstens auf
dem Asphalt keinen Zweck und sei zweitens überhaupt nicht mehr Mode. Was sollte Bob machen?
Gekratzt mußte werden, also kratzte er jedesmal,
wenn Battermann das unterließ, wenn er sich auch
nicht mehr bis zu der betreffenden Stelle hinbe-
mühte. Aber er kratzte.

Wenn Bob jagdlich gearbeitet wäre, hätte er
sich mit Ruhm bedeckt, und wäre er ein Mensch
gewesen, hätte der Erdball unter ihm so gedröhnt
wie unter dem ersten Napoleon, denn was Furcht
war, das kannte er nicht. In aller Lerchenfrühe
nahm ich ihn einmal in den Zoologischen Garten
mit, aber auch nur einmal, denn hätte ich ihn
nicht an der Leine gehabt, so hätte ich einen
neuen Löwen kaufen können. Ohne sich zu besinnen, fiel er eine eselsgroße Dogge an, und Bullen
auf Weidekämpen zu hetzen, das dünkte ihm ein
harmloses Spiel. Und doch bekam er es einmal,
ich will nicht sagen mit der Angst, aber mit jenem
Gefühl der Hilflosigkeit, das den Menschen be-
fällt, wenn er bergab radelt, die Pedale verliert
und merkt, daß die Bremse versagt. Das war in
einer Gastwirtschaft; da sah er ein großes weißes
Tier, das ganz sonderbar roch. Er wollte es totbei-
ßen, aber es nahm ihn auf die Hörner und warf
ihn in den Busch, daß ihm die Rippen krachten.
Mit einem furchtbaren Fluche rappelte er sich zusammen und fiel das Ungetüm wieder an, aber

alle Mühe, die er sich gab, es von hinten zu erwischen, war vergebens; mit Schaum vor dem Maul und Scham in der Brust schob er ab, ging, in tiefe Grübelei versunken, neben mir nach Hause, beachtete die schönsten Blechpötte nicht und aß nichts zu Abend, denn allzusehr war sein Selbstbewußtsein zerknittert. Und noch etwas gab es, das ihn mit Hilflosigkeit erfüllte, ein Floh auf dem Rücken. Dann fühlte er sich wie Lazarus. Ganz unglücklich war er, piepte jammervoll und schüttelte sich unter den Ecksofas, bis eine Franse nach der andern den Weg aller Wolle ging. Sonst kannte er keine Furcht; ein Stock versetzte ihn in Ärger, die Hundepeitsche in Zorn und die Zwille in schäumende Wut. Aber Angst? Keine Spur! Dreizehn Jahre wurde er alt und blieb, wie er war, immer lustig, immer frech, immer ein Verehrer der Weiblichkeit. Ganz plötzlich bekam er Krämpfe, und ein Schuß gab ihm ein schnelles Ende.

Er hat mich viel geärgert und oft in Wut gebracht, wenn er mich durch Piepen und Kratzen bei der Arbeit störte. Aber viel Freude habe ich doch an ihm gehabt, und immer denken wir gern zurück an unser Böbchen.

ACHTZACKS ENDE

Im Walde ging es um. Was es war, wußte niemand; aber etwas Gutes war es nicht. Es haßte den Frieden und liebte die Zerstörung.

Alle Böcke diesseits des Flußbaches hatten das erfahren. Dem Gabelbock vom Schälwalde war die linke Keule aufgeschlitzt. Dem Sechser vom Jagen drei fehlte ein Licht und die rechte Stange. Der Bock aus dem Kinderbruch lahmte vorne rechts. Dem vierjährigen Spießbock vom Birkenschlag war ein großer Hautlappen auf dem Ziemer abhanden gekommen.

Keiner von ihnen wußte, wie es zugegangen war. Friedlich hatten sie mit ihren Schmalrehen geäst. Da hatte es in der Dickung gebrochen, etwas Großes, Braunes war herausgepoltert, hatte sie über den Haufen gerannt, die Schmalrehe vor sich hergetrieben und war in der Dickung verschwunden.

Ihre Wunden hätten die Böcke wohl vergessen, ihre Bräute vergaßen sie nicht.

Der Vierjährige mit den langen Dolchen hielt es nicht mehr aus. Nichts schmeckte ihm mehr, nichts wollte ihm munden, weder Klee noch Brombeerblätter, weder Gras noch Johannistrieb. Tag und Nacht zog er umher und dachte an sie.

Eines Morgens, als nach kurzem Donnerschlage ein feiner, warmer Regen fiel, faßte er sich ein Herz. An dem Weidenbusche vor dem Holze wetzte er seine Dolche, daß Bast und Blätter flogen, und plätzte, daß Moos und Mulen nur so sausten. Dann trat er in den Bestand.

Er zog vorsichtig und zaghaft dahin. Der Hase, den er aus dem Lager jagte, erschreckte ihn, die Taube, die er von der Salzlecke scheuchte, ließ sein Herz klopfen. Aber dann warf er wieder mutig den Kopf auf, schlug mit den Vorderläufen den Boden, daß das Fallaub stob, und fegte mit den Stangen den Bast von einem Eschenbäumchen.

Auf einmal vergaß er Angst und Vorsicht. Aus dem Stangenorte klang ein Ton, der ihm in das Herz fuhr, ein Laut der Sehnsucht, des Verlangens, der Zärtlichkeit. Das war sie, die er so lange nicht gesehen, sein kleines, hübsches Schmalreh. Und was ihm da vom Boden aus entgegenduftete, das war ihrer Fährte Witterung.

Mit weitgeöffneten Nüstern zog er auf der Fährte fort, durch das Altholz, durch den Stangenort, nach dem Ellernbruch am Fuchsbach. Und da sah er auch schon ihre schlanke Gestalt hellrot auf grünem Himbeerblättergrund.

Spornstreichs trollte er auf sie zu. Aber als er dicht bei ihr war, bewegte sich rechts der braune Ellernstumpf, und dort stand ein alter, hoher, schwerer, dunkelbrauner Bock mit fast weißem Gesicht, über dem acht weiße, scharfe, lange Enden im einfallenden Sonnenlichte blitzten. Das war Achtzack, der Raufbold, der jedes Jahr am Ende des Juli hier erschien und Mitte August wieder verschwand. Einen Augenblick lief es dem Vierjährigen kalt und heiß über den Ziemer. Dann warf er trotzig den Kopf auf, verdrehte die Lichter, daß die weiße Bindehaut teuflisch leuchtete, senkte den Kopf, daß die langen, weißendigen

Dolche gefährlich funkelten, schlug mit den Vorderläufen den Boden, daß Laub und Moos nur so wirbelten, stieß ein tiefes, böses Keuchen aus und zog, die Läufe im spanischen Tritt setzend, dem Nebenbuhler entgegen.

Achtzack war zuerst ganz starr. So etwas von Frechheit war ihm doch noch nicht vorgekommen. Ein Vierjähriger, der ihm Trotz bot? Ein zurückgesetzter Bock, der noch nicht einmal sechs Enden hatte, hielt ihm stand? Zu lächerlich! Sorglos zog er dem Frechling entgegen, ein höhnisches Grinsen um den kohlschwarzen Windfang. Gleichgültig senkte er den Kopf; mit einem einzigen Stoß wollte er ihn abtun, den Dummkopf. Der aber war auf seiner Hut. Als die acht Dolche dicht vor ihm waren, wich er zur Seite und forkelte blitzschnell von unten nach oben. Es klirrte hell und klang hohl, und als beide voneinander abließen und sich gegenüberstanden, keuchend und jappend, da hing Achtzacks linkes Licht als feuerroter, häßlicher Klumpen aus der Augenhöhle heraus.

Im nächsten Augenblick strich der Pirol, der in den Zweigen über den beiden Kämpen sich im Flöten geübt hatte, entsetzt ab. Denn unter ihm war mit einem Male ein Wirbel von Laub und Moos, Kraut und Reisig. Ein Kreischen erscholl, laut und schrecklich, und dann klang es, als schlüge der Specht gegen einen hohlen Baum, und schließlich kam ein Röcheln.

Endlich hörte der Blätterwirbel auf, und Achtzack tauchte daraus hervor. Seine Dünnungen bebten, seine Lungen pfiffen, aus der Brust kam ein tiefes Keuchen. Fortwährend schüttelte er den Kopf, an dessen linker Seite es rot herunterlief. Aber seine acht Enden waren rot.

Das Schmalreh war abgesprungen, als der Zweikampf begann. Achtzack zog ihm auf der Fährte nach, sprengte es, als es vor ihm flüchtig wurde, schlug es noch in die Rippen und trieb es in die Tannen.

Gleich darauf huschte ein grüner Schatten durch den Wald, tauchte hinter einem Stamme auf, verschwand hinter einem andern, kam wieder hervor und war wieder verschwunden. Laut schimpfte die Amsel über das Waldgespenst, und der Kauz in der Eiche machte große Augen und schüttelte den dicken Kopf, denn lautlos jagen, hatte er gedacht, könnte außer ihm niemand.

Dieses grüne Gespenst war ein Mensch, ein langer, junger, blonder, blauäugiger Mann mit braunen Backen und Händen, der Förster. Er war wütend. Er hatte eben festgestellt, daß die zwölf achtjährigen Weißtannen, die zwischen den vielen Rottannen standen, und die zehn Edeleberesschen zuschanden gefegt waren von einem Bocke.

Außerdem war er falsch, weil er keinen Bock gesehen hatte. Er sollte einen auf das Schloß liefern. Vor Tau und Tag war er zu Holze gezogen, jetzt war es neun Uhr, und nichts hatte er gesehen, außer einer alten Ricke. Wenn da nur nicht wieder Achtzack die Schuld hatte. Seit drei Jahren machte ihm der das Holz von Böcken blank. Lahm hatte er sich gepirscht und krumm gesessen, aber nie konnte er ihn fassen. Fünfzig Nächte hatte er sich um die Ohren geschlagen, hundert

Abende auf ihn gelauert, aber alles war für die Katz' gewesen.

Hastig sog er an seiner Pfeife, daß der Dampf durch das Holz zog, lang und breit, wie ein Pferdeschwanz. Da blieben seine Augen am Boden hängen. Zwei Fährten standen auf die Dickung zu, die zierliche eines Schmalrehs, die grobe eines ganz alten Stückes.

Ganz tief bückte er sein Gesicht zu Boden. Seine großen Augen glänzten, als er sah, daß an der Fährte des rechten Vorderlaufes eine Lücke war.

Gerade als er sich aufrichtete, hörte er es zu seiner Linken rascheln. Das Rascheln wiederholte sich und mischte sich mit einem Geröchel. Der Förster trat einen Schritt vor, noch einen, wie eine Katze dahinschleichend, aber im nächsten Augenblicke kniete er nieder, faßte den geforkelten Bock um die langen Spießer, fuhr mit der rechten Hand nach der Hosennaht, kam mit etwas Blitzendem zurück, eine schnelle Handbewegung nach der Brust des Bockes, und der streckte sich und ließ den Kopf schlaff in das grüne, rotbetaute Moos fallen.

Sorgfältig untersuchte der junge Mann den Bock. »Dieser Schinder«, murmelte er, als er den Kopf umdrehte und sah, wie das zerrissene Gescheide fußlang aus den aufgeschlitzten Dünnungen hing, »eins, zwei, drei, sechs, acht, zehn, vierzehn Mal hat er ihn geforkelt. Nun aber ist Schluß, mein Lieber! Heute mußt du stürzen, oder ich will die Kunst nicht verstehen!«

Er lud den Bock auf, ging auf das Feld, brach ihn auf, rodete den Aufbruch ein und hing den

Bock in eine Fichte. Dann ging er im weiten Bogen nach dem Fuchsbach zurück.

Vor einer großen Samenbuche machte er sich einen Stand zurecht, scharrte leise alles Fallaub beiseite und entfernte jeden dürren Ast. Dann suchte er ein halbes Dutzend gleichmäßig gewachsener Buchenblätter, schnitt sie zurecht und legte sie vor sich auf den Rucksack. Zuletzt schnitt er leise einen langen, verästelten Zweig ab und steckte ihn vor seinem Stande in den Boden.

Es war ganz still im Walde. Kein Blättchen regte sich. Man hörte die Ameisen krabbeln und die Flügel der großen Wasserjungfer knistern, die raubend über dem Bach hin und her strich. Einmal ruckste fern ein Ringeltäuber, ein Bussard rief hoch über den Kronen der Buchen, eine Maus raschelte im Fallaube.

Der junge Förster rauchte langsam seine Pfeife zu Ende, spannte lautlos die Büchsenflinte, zog die Knie hoch und legte die Waffe quer über seinen Schoß. Dann nahm er eins von den Buchenblättern und hielt es gegen die Lippen.

Ein weicher, leiser, zärtlicher Ton erscholl, das sehnsüchtig verlangende Fiepen des Schmalrehs, einmal, zweimal, dreimal.

Drüben in der Dickung saß der alte Bock im Bett, neben ihm das Schmalreh. Als der dünne, feine Ton erscholl, spielten die Lauscher Achtzacks.

Wohl eine Viertelstunde verging, da erklangen noch einmal die lockenden Laute. Achtzack stand auf. Aber zu oft hatte er in seinem Leben die Erfahrung gemacht, daß hinter dem zärtlichen Locken das tödliche Blei wartete, so manche Kugel

war in seinen grünen Jahren an ihm vorbeigepfif-
fen, wenn er liebeshungrig aus der Dickung ge-
stürmt war; mehr als einmal hatte ihn das Blei gestreift. Gern hätte er sich das geliebte Ding aus der
Nähe angesehen, das da fiepte, denn unbekannt
klang ihm die Stimme. Aber es würde ja auch wohl
noch da sein, wenn es dunkel wäre, und wenn
nicht, die Kleine neben ihm war ja auch hübsch
und jung.

Auf einmal aber kam Leben in ihn, denn nun
erklang der von Scham und Angst erfüllte Klage-
ruf des Rehjüngferchens. Was, wagte es wieder
einer, ihm ins Gehege zu kommen? In seinem
Wald, in dem alles ihm gehörte, was hübsch und
fein war!

Langsam schob er sich durch die Tannen. Alle
paar Gänge blieb er stehen und sicherte. Aber als
das Angstgeschrei lauter erscholl, als er deutlich
des Nebenbuhlers Stürmen und Poltern vernahm,
da trat er ganz aus der Dickung heraus.

Der Förster, der wie verrückt mit seinem Hute
zwischen die dürren Zweige am Boden geschlagen
hatte, hielt inne, als er von den Tannen her ein
ganz feines Geräusch vernahm. Ein leises Lächeln
ging um seinen Mund. Er hielt den Atem an und
schloß die Augen bis auf einen Spalt.

Lange blieb es drüben still; dann klang das Brechen wieder. Aber dieses Mal lauter, näher. Dem
Förster schlug das Herz, und die Büchse zitterte in
seinen Händen. Er schloß die Augen ganz und at-
mete tief und langsam.

Als er die Augen wieder öffnete, sah er in der
Dickung einen grauen Fleck. Und darüber, über

den schwarzgesäumten Lauschern, das schwere, weitausgelegte Gehörn mit den roten Enden.

Eine Ewigkeit dünkte ihm die Spanne Zeit, bis Leben in den grauen Fleck kam, eine Ewigkeit, die ihm das Blut wild durch die Adern jagte und den Schweiß aus allen Poren trieb. Als aber der graue Fleck sich verschob und ein brauner ihm folgte, da zog er ganz langsam die Büchse an die Backe und machte den Finger krumm.

Nach dem Schuß stand er auf und lauschte. Ein paarmal brach es noch in den Tannen, dann war alles still. Er trat leise an die Dickung, bückte sich, nickte befriedigt, als er hellrote Blasen auf den blauen, zerdrückten Glockenblumen sah, und ging fort.

Das Schmalreh war erstaunt aus seinem Bette aufgestanden, als sein grober Bräutigam es verließ. Das war sonst seine Art nicht, bei hellichtem Tage in den raumen Bestand zu ziehen. Und er hatte nicht einmal von ihm verlangt, daß es mit sollte.

Als es dann so laut donnerte, hatte Schmalrehchen eine Flucht gemacht. Aber nur eine, denn zu viel Angst hatte es vor seinem rohen Gebieter. Es wußte, er suchte doch auf der Fährte, und dann setzte es Hiebe, hageldicht.

Da vernahm es ihn auch schon. Laut brachen die dürren Zweige. Da war er! Aber was ihm nur fehlte? Er taumelte, schwankte, stürzte, richtete sich mühsam wieder auf, zog drei Schritte voran, brach wieder zusammen und blieb liegen.

Verschüchtert zog die Kleine an ihn heran. Sie machte ihr liebenswürdigstes Gesicht, denn es war ein launenhafter, roher Kerl, der Alte, viel unzarter, viel weniger liebenswürdig als ihr erster Liebster.

Matt hob er den Kopf, als sie bei ihm war, und ließ ihn wieder fallen. Zärtlich beschnupperte sie ihn, prallte aber zurück, denn er hatte eine so seltsame, unheimliche Witterung jetzt an sich.

Aber sie blieb bei ihm, eine ganze Stunde lang. Ab und zu versuchte er, aufzustehen, aber immer wieder brach er röchelnd zusammen, und jedesmal quoll es rot aus seinen Blättern.

Dann überlief ihn ein Zittern, er röchelte noch einmal schrecklich, machte sich lang, und von da ab rührte er keinen Lauf mehr.

Dann brach es wieder in der Dickung. Das Schmalreh stand auf. Menschenworte erklangen: »Zur Fährt, mein Hund, so recht, mein Hund! Such verwundt, mein Hund!«

Das Brechen kam näher. Lautes Gehechel eines Hundes tönte heran. Das Schmalreh sprang ab, von Entsetzen gepackt.

Hinten in den Birken verhoffte es. Der dumpfe Hals des Hundes erklang, dann des Waldhorns heller, froher Ruf: »Bock tot!«

Neben dem Bock kniete der Förster. Freudig betrachtete er den Kopfschmuck, dessen scharfe Enden noch rot waren von dem Mord.

Schmalrehchen aber zog im Wald umher. Es fühlte sich einsam. Laut rief es nach einem fühlenden Herzen. Das fand sich bald. Es war ein dreijähriger stattlicher Bock. Und er war viel liebenswürdiger und nie so grob wie der alte Achtzack.

DER ZAUNIGEL

Außerhalb des Dorfes nach der Heide zu liegt an dem Moorbache ein Eichenhain. Ein halbes Hundert grauer Bauwerke erhebt sich dort, halb versteckt von dem breiten Astwerk der alten Eichen. Es sind die Schafställe und Scheunen der Bauern, kunstlose, strohgedeckte Fachwerkbauten, deren Wände graues Flechtenwerk und gelber Lehmbewurf bildet und deren Grundbalken auf dicken Findlingsblöcken liegen.

Dort wohnt auch der Schäfer. Eine mächtige Mauer aus Ortsteinblöcken, von Moos übersponnen und von Engelsüß und Glockenblumen und Efeu überwuchert, hinter der sich ein gewaltiger, von Wacholder, Holunder, Stechpalmen und Schlehen bewachsener Hagen erhebt, grenzt das Wohnwesen gegen die Stallungen ab. Allerlei Getier haust hier; in den Strohdächern brüten Rotschwanz und Ackermännchen, auch ein paar Schleiereulen und ein paar Käuzchen hausen dort, unter den Scheunen haben es Spitzmaus und Waldmaus gut, Kröte und Ringelnatter und nicht minder Wiesel und Iltis. Auch Igel sind hier immer anzutreffen.

Der Schäfer läßt sie gewähren. Sie mögen ihm wohl ab und zu ein Ei oder ein Küken fortnehmen, dafür halten sie aber auch die Mäuse kurz. So treiben sie denn ungescheut schon am späten Nachmittage im Garten oder auf dem Hofe oder unter den Eichen ihr Wesen, und Wasser und Lord, die beiden alten Hunde des Schafmeisters, kümmern sich nicht mehr um sie; nur Widu, der junge Hund, ist noch etwas albern und quält sich dann und wann ein Viertelstündchen mit einem Igel ab, um schließlich mit zerstochener Nase das Spiel aufzugeben. Auch heute hat er das so getrieben und hat sich endlich ärgerlich und müde vor den Herd gelegt, wo er schläft und im Traume das Stacheltier weiter verbellt.

Der Igel hat noch eine volle Viertelstunde zusammengekugelt dagelegen, dann hat er sich aufgerollt und ist in das Gestrüpp des Hagens gekrochen. Er hatte vor, im Garten Schnecken zu suchen, aber der dumme Hund brachte ihn davon ab. Und nun krabbelt er in dem alten Laube herum, scharrt in dem Mulm und verzehrt laut schmatzend bald einen Regenwurm, bald eine Schnecke, dann eine Assel und nun eine dicke Spinne. Und jetzt geht es wie ein Ruck durch ihn; er hat junge Mäuse pfeifen gehört. Ein Weilchen noch verharrt er in seiner aufmerksamen Haltung, dann schleicht er vorwärts, macht einen kleinen Satz und stößt seine Nase in einen Knäuel fahlen Grases, der zwischen den Ortssteinen der Hofmauer steckt. Sechsmal stößt er zu, und jedesmal erklingt ein dünner, schriller Todesschrei. Dann langt er sich die jungen Mäuschen heraus und schmatzt sie hastig auf.

Ein Weilchen schnüffelt er noch an dem Mauseneste herum, dann trippelt er weiter, ab und zu fauchend oder stehenbleibend und sich mit Krallen oder Zähnen heftig da juckend, wo die Flöhe und Holzböcke ihn am meisten zwicken. Bald langsam, bald eilig begibt er sich nach dem Eichenhain. Dort gibt es immer allerlei im Grase, ein Taufröschchen oder eine fette Raupe, ein Mäuschen oder auch einmal einen jungen Vogel, der aus dem Neste fiel. Brrr, macht es laut, und ein dickes, braunes Ding stößt mit hartem Anprall an die blutende Eiche. Es ist ein Hirschkäfer. Er hat gefunden, was er suchte. Gierig steckt er die goldgelbe Pinselzunge in den gärenden Saft. Da raschelt es hinter ihm. Wütend dreht er sich um und spreizt die scharfbewehrten Zangen. Aber schon hat der Igel ihn gefaßt, ihm den Leib abgerissen, und während der Kopf des Käfers im Grase liegt und er mechanisch die Zangen öffnet und schließt, knabbert der Igel den dicken Hinterleib vollends auf. Dann jagt er unter den Schafställen weiter und sucht einen nach dem andern ab.

Viel ist heute da nicht zu finden. Einige Spinnen, etliche Käfer, auch ein gutgenährter Regenwurm, das ist alles. Es ist zu trocken gewesen den Tag über, die Junisonne hat es reichlich gut gemeint, und der Wind ging scharf; das gibt schlechte Jagd. So schiebt denn der Stachelrock nach dem Bache zu; vielleicht, daß sich dort die Jagd besser lohnt. Unterwegs dreht er jedes Blatt um und scharrt jeden Grasbusch auseinander, immer prüfend und schnaufend und seine Nase in das Moos und in die Blätter bohrend und ab und zu sitzenbleibend, um irgendein kleines Tier zu verzehren. Einmal bleibt er lange sitzen; er hat eine alte Maus pfeifen gehört, und vorsichtig pirscht er sich näher. Jetzt hört er sie dicht bei sich vorüberhuschen. Gleich wird sie wieder zurückkommen, und dann hat er sie. Aber gerade wie er zufahren will, löst sich ein grauer Schatten von der Wagenleiter, die

Maus quiekt auf, und das Käuzchen streicht, sie in den dolchbewehrten Fängen haltend, auf die hölzernen Pferdeköpfe des Stalles, und der Igel hat das Nachsehen.

Mürrisch begibt er sich weiter. Ein Kiefernschwärmer, der am Nachmittage die Puppe verlassen hatte und sich, nachdem er seine Schwingen fertig gereckt hat, nun zum ersten Fluge rüstet, verschwindet unter den spitzen Zähnen. Ihm folgt eine Ackerschnecke; von der dicken schwarzen Schnecke, auf die der Igel stößt, wendet er sich aber mit Ekel ab. Sie riecht abscheulich und schmeckt scheußlich. Aber das laute, rollende Flöten da in dem anmoorigen Sande am Bachufer, das lockt ihn.

Ein schnelles Getrippel, ein fester Stoß, und schon ist die Maulwurfsgrille erledigt. Weiter geht es am Bachufer entlang. Halt, hier hebt sich die Erde. Etwa ein Maulwurf? Das wäre kein schlechter Fang. Oder gar eine Wühlmaus? Das wäre noch besser. Ganz vorsichtig schiebt er sich voran. Lange muß er lauern, ehe die Erde sich wieder rührt, aber schließlich kann er zufahren. Er stieß zu kurz. Mit jähem Ruck wirft sich die schwarze Erdwühlerin in den Bach, daß es plumpst, und nach einer langen Besinnungspause wendet sich der Igel wieder den Eichen zu.

Hier ein Mistkäfer, da eine Raupe, dort ein Brachkäfer und daneben ein Regenwurm, das wird so nebenbei alles mitgenommen. Aber was ist das da, was sich da im Grase fortschiebt? Der Igel sträubt die Kopfstacheln, steckt die Nase vor, rollt sich halb auf und trippelt so auf die Beute los. Jetzt ist er bei ihr. Zß, geht es, und einmal, zweimal, dreimal fährt die halbwüchsige Kreuzotter gegen seinen Stachelpanzer. Ein viertes Mal noch, dann aber nicht mehr. Er hat sie überrannt, hat sie mit den Kopfstacheln an den Boden gequetscht, hat mit den Zähnen ihren Hinterkopf gefaßt, und während sich ihr Leib in wilden Kreisen dreht, zerkaut er erst den Kopf und schmatzt ihn hinunter und läßt den Leib hinterdrein wandern. Nach einem Viertelstündchen verschwindet auch die äußerste Schwanzspitze, die sich immer noch windet, in seinem Rachen.

Vorläufig ist er nun satt. Spaßeshalber faßt er noch einen großen Taufrosch, der ihm dicht vor die Nase hüpft, an das Hinterbein, aber gerade als der arme Frosch seinen schrillen Todesschrei hören läßt, gibt ihn sein Bezwinger frei, und der Frosch springt in gewaltigen, ungeschickten Sätzen ab. Ganz furchtbar eilig trippelt der Igel nach dem Weißdornbusch hin, der sich neben einem der Schafställe spreizt. Der leise Luftzug weht ihm von da eine Kunde zu, die ihn ungestüm vorwärts treibt. Ohne eine Pause zu machen, trippelt er in schnurgerader Richtung weiter, und gerade als die Dorfuhr ausholt, um die zehnte Stunde zu verkünden, gerade als des Nachtwächters Horn hohl an zu heulen fängt, langt der Igel vor dem Busche an.

Da ist noch ein Igel, ein dicker, großer Igel, der eben einen langen dicken Tauwurm hübsch langsam aus seiner Erdröhre herauszieht. Wie besessen stürzt der erste Igel auf ihn zu. Blitzschnell wendet der andere sich um und beißt nach ihm.

Verdutzt bleibt der erste sitzen, dann nähert er sich wieder dem anderen. Wieder setzt es einen Hieb, wieder gibt es eine Verlegenheitspause, und so zehnmal und noch zehnmal. Und dann schlägt der erste Igel eine neue Taktik ein. Schnaufend und fauchend trippelt er um den anderen und versucht, sich ihm von hinten zu nähern, dieser aber dreht sich schnaufend und fauchend fortwährend im Kreise herum und wehrt jeden Annäherungsversuch mit einem blitzschnellen Bisse ab. Schließlich sitzen sie sich beide gegenüber, daß ihre Schnauzen sich fast berühren, und verschnaufen; der Igel überlegend, wie er sich wohl beliebt machen könne, die Igelin immer zur Abwehr bereit.

Bisher war der Igel immer von rechts nach links um seine Auserkorene herumgetrippelt; jetzt versuchte er es in der umgekehrten Richtung. So muß auch die Igelin von links nach rechts sich im Kreise drehen. Wenn er sie zehn- oder zwölfmal umkreist hat, wird er plump vertraulich. Dann setzt es von ihr aus einen Schmiß. Verdutzt bleibt er dann sitzen und überlegt den Fall, und sie bleibt auch sitzen. Sie sehen sich mit ihren kleinen schwarzen Augen an, Nase an Nase, bis er wieder Mut bekommt und von neuem um sie herumtrippelt, jetzt von links nach rechts, nach dem nächsten Hiebe von rechts nach links, dann wieder umgekehrt und so weiter.

Elf Uhr schlägt die Turmuhr; elfmal heult des Wächters Horn. Immer noch murksen und fauchen die beiden stachligen Liebesleute umeinander herum. Es wird Mitternacht; das sonderbare

Karussell ist noch immer im Gange. Es schlägt ein Uhr; er ist noch immer nicht müde, sie zu umwerben, und ihre Sprödigkeit hält immer noch an. Es schlägt zwei Uhr; noch immer trippelt er fauchend und pustend um sie herum, bald von rechts, bald von links, und nach jedem Hiebe, den sie ihm versetzt, hält er inne und überlegt, ob es nicht besser sei, ihr von der anderen Seite zu nahen. Eine halbe Stunde bleibt der Jagdaufseher bei dem Paare stehen und lacht und schüttelt den Kopf, bis die Helligkeit im Osten ihm sagt, daß es Zeit für ihn werde, nach dem Moore zu gehen. Schon singt der Rotschwanz von dem Dachfirst, die Schleiereule sucht ihr Loch am Giebel, der Igel und die Igelin tanzen immer noch ihren sonderbaren Reigen; erst als die Amsel zeternd zur Regenwurmsuche ausfliegt, verschwindet sie unter dem Stalle, und er folgt ihr nach. Als der Schäfer die Schafe ausläßt, hört er unter dem Estrich das Gefauche und Geschnaube und ruft dem jungen Hunde zu: »Widu, bring sie zur Ruhe!« Aber Widu mag nicht; er hat von gestern genug.

Der Juni geht hin und der Juli auch. Als die Frau des Schäfers den Komposthaufen auseinanderstößt, findet sie in einem Haufen welken Grases fünf kleine, rosige, weißstachelige Dingerchen neben der alten Igelin liegen. Nachmittags will sie sie ihrem Manne zeigen, aber sie sind nicht mehr zu finden. Die Igelin hat ihre Jungen verschleppt. Unter dem alten Schlehbusche hat sie ihnen ein neues Nest gekratzt und sie warm zugedeckt. Da säugt sie sie tagsüber, aber nachts treibt sie sich im Garten umher und frißt sich an Schnecken und

Würmern dick, scharrt Mäusenester aus und fängt junge Frösche, schont auch die junge Brut der Rotkehlchen, trotz des Gezeters der Alten, nicht und nimmt auch die junge Amsel mit, die ihr in den Weg tolpatscht, wie sie denn auch mit den nackten Wieselchen, die sie aufstöbert, nicht viel Federlesens macht. Sogar die große Wanderratte, die sich in dem Schlageisen gefangen hatte, muß daran glauben; trotz ihres Strampelns und Quietsches wird sie totgebissen und bis auf Kopf, Fell und Schwanz aufgefressen.

Nach vier Wochen führt die Igelin ihre fünf Kleinen aus. Eines Abends, als der Schäfer vor der Türe sitzt und seine Pfeife raucht, raschelt es hinter dem Brennholze, und da kommt erst schnaubend und prustend die Igelin angetrippelt, und hinter ihr wackeln die fünf Kleinen. Der Schäfer ist ein ernster Mann und lacht selten; heute aber muß er doch lachen, denn es sieht zu putzig aus, wie die kleinen Dinger hinter der Alten herbummeln, überall kratzen und scharren und ihre Nasen in alle Löcher am Boden stecken oder hastig hinrennen, wenn die Mutter einen tüchtigen Wurm bloßgescharrt hat und ihn sich von den Kleinen fortnehmen läßt. Seit der Zeit ist es für den Schäfer und seine Frau ein Hauptvergnügen, den Igeln zuzusehen; und damit sie nicht gestört werden, wird Widu jeden Abend angelegt. Auch allerlei Eßbares legt der Mann den Igeln hin; Butterbrot verschmähten sie, aber frisches Fleisch nahmen sie gern und auch kleine Fische, die der Schäfer für die Hechtangeln gefangen hatte. Als der Schäfer sah, daß die Igelin sich immer so viel kratzte, fing er sie, und als er fand, daß sie voll Ungeziefer saß, salbte er sie mit der Schmiere, mit der er seinen Schafen das Ungeziefer vertrieb. Seitdem gab sie das Kratzen auf.

Mittlerweile wurden die kleinen Igel immer größer, hielten auch nicht mehr zu der Alten, sondern gingen ihre eigenen Wege, und wenn sie der Alten begegneten, wurden sie von ihr weggebissen. So wanderten sie denn aus; der eine in die Heidberge, der andere in die Eichen, der dritte in den Wiesenbusch, noch einer in das Dorf und der letzte nach dem Immenzaun; und wenn der Schäfer einen von ihnen antraf, denn er kannte sie sogleich wieder, weil er ihnen allen, dem einen am Kopfe, dem andern hier oder da am Rücken, ein Büschelchen Stacheln abgeschoren hatte, dann zeigte er sie den Leuten und sagte: »Das ist einer von meinem Hofe.« Bis in den Herbst hinein sah er bald hier, bald da einen von seinen Igeln, und sogar im Februar, als nach einem leichten Schnee die Sonne schön warm schien, traf er die alte Igelin am hellen Nachmittage vor der großen Hecke am Immenzaun und nahm sie mit und setzte sie in den Schafstall, und als im März die Sonne die Oberhand bekam, traf er fast jeden Abend einen Igel an im Garten, auf dem Hofe oder unter den Eichen und hatte sein Vergnügen an ihnen.

Eines Tages aber kam eine Zigeunerbande zugewandert, und der Vorsteher wies ihnen die Heide bei den Eichen als Lagerstätte an. Während die Männer sich überall herumtrieben und die Weibsleute wahrsagen gingen, zogen die Jungens auf die Igeljagd. Sie hatten Stöcke, an denen oben ein langer, dicker, spitzgefeilter Draht befestigt war, und damit stachen sie in alle Laubhaufen, Hecken und unter die Schafställe. Ab und zu quietschte es, und einer von den Bengeln zog einen aufgespießten Igel aus seinem Verstecke, den er dann totschlug.

Abend für Abend saß der Schäfer auf der Bank vor der Tür und wartete auf seine Igel. Er sah sie nie wieder.

Er war von jeher dagegengewesen, aber sie wollte es gern, und so mußte er sich fügen; was sollte er machen.

»Sieh mal, Watschelinchen«, hatte er gesagt, »zu was willst du in der Stadt wohnen? Erstens kennst du niemand dort, zweitens wohnt dir allerlei ruppiges Volk vor dem Schnabel herum, diese Radaumacher von Turmschwalben und dieses gemeine Spatzengesindel; und dann die Luft! Na, ich sage dir bloß, du wirst dich wundern! Dein schönes Changierendes ist da bald hin von dem Ruß. Und was muß man weit fliegen, um satt zu werden! Hier im Walde hast du die fettsten Schnecken und die besten Regenwürmer dicht bei der Wohnung. Und alle Nachbarn sind nette Leute: der Pirol, so elegant und stolz er ist, dir singt er gern etwas vor. Und der Trauerfliegenschnäpper, sie alle sind nett zu uns. Und ist dir diese Wohnung nicht groß und hübsch genug, ein freundliches Wort, und Spitzhack, der Specht, baut dir eine andere. Laß uns nur im Walde bleiben.«

Sie ließ ihn ruhig ausreden wie immer, machte nur die Augen halb zu und ließ die Flügel herunterhängen; und dann fing sie an:

»Ja, Dickkopp, das ist ja alles ganz gut und schön. Aber das mit den Spatzen und Mauerschwalben, das wird nur halb so schlimm sein. Und das mit dem Ruß auch. Und überhaupt, mein gutes Zeug ist doch immer gleich hin von dem Brüten und Kinderpäppeln. Und du hast gut reden von Unterhaltung hier; was wissen die denn alle hier zu erzählen? Immer dasselbe langweilige Zeug: daß es bei Markwarts Krach gegeben hat, daß die Taubersche die Eier hat kalt werden lassen, daß die Amsel kleine Vogelkinder fressen soll und weiter nichts. Und das ewige Gedudel von dem Pirol, das hängt mir schon zum Schnabel heraus, immer dasselbe und immer dasselbe und hinterher dieses alte Geknarre; schließlich geht es einem auf die Nerven. Du hast natürlich gut reden: du fliegst hierhin und dahin und triffst bald den oder bald die, und da hörst du immer allerlei Neues und erlebst vielleicht auch mal ein Abenteuerchen, nicht wahr, Kopp? Ich aber, ich sitze hier in dem engen Loch, brüte mich dumm und albern und sehe und höre von der Welt nichts. Höchstens, daß Schnurrjahn einmal vorkommt und mich ein bißchen unterhält. Und die Wohnung? Ach, du lieber Himmel! Eng und feucht und voll Ameisen, und jedes Frühjahr großes Reinemachen, bis man den Fledermausmist heraus hat, na, ich danke. Und dabei stehen in der Stadt die schönsten, hellsten, luftigsten Villen frei!«

Dickkopp sagte nichts mehr. Wenn seine Frau »Kopp« zu ihm sagte und auf seine kleinen galanten Abenteuer draußen anspielte, dann tat er am besten, den Schnabel zu halten. Und daß sie außerdem von Schnurrjahn anfing, diesem alten Poussierstengel, der nichts lieber tat, als anderer Stare Frauen schön zu tun, das schätzte er nun schon gar nicht. So sagte er ja und amen, und sie zogen in die Stadt.

Eine Wohnung war bald gefunden. In einem großen Garten lag sie und hing in einem Zwet-

schenbaume. Blumenbeete waren da, ein Springbrunnen zum Baden und Trinken, Rasen mit Regenwürmern, Beete mit Schnecken; Kirschbäume
waren in der Nähe und gar nicht weit davon am
Teiche eine ungeheure Pappel, der richtige Ver-
sammlungsplatz, wie die Stare ihn lieben, und viel
Rohr, im Herbst eine gute Schlafstatt. Dickkopp
war sehr zufrieden und Watschelinchen erst recht.

Die erste Zeit ging es sehr gut. Er saß vor dem
Haus, schlug mit den Flügeln und sang nach Her-
zenslust. Sie schlüpfte aus und ein, holte Hälm-
chen und Federchen und richtete die Wohnung
ein. Heimlich stöhnte sie zwar ein bißchen, denn
das große Haus machte doppelte Arbeit, aber sie
ließ sich nichts merken.

Bald aber stellten sich allerlei Unannehmlichkeiten heraus. Erstens zog es in der Wohnung; es
war ein richtiger städtischer Schwindelbau; und
durchregnen tat es manchmal auch. Und alle Na-
selang steckte ein frecher Spatz seinen Kopf herein, machte faule Witze über Watscheline oder be-
hauptete gar, sie hätte hier nichts zu suchen. Im
Mai, als sie schon längst Eier hatte, fand sie, als sie
vom Baden zurückkam, eine große weißbunte Katze an ihrem Hause beschäftigt. Watscheline machte solchen Lärm, daß der Besitzer des Gartens kam
und die Katze herunterschoß; darüber war sie
froh, aber der Schreck lag ihr noch drei Tage in
den Gliedern.

Allmählich bekam sie auch Nerven. Erst hatte
ihr das städtische Leben Spaß gemacht, aber dieser
ewige Lärm der Wagen und der Straßenbahn, dieses rücksichtslose Schreien und Türenzuschlagen,

dieses Ausrufen und Peitschenknallen, und vor allem das ewige Geschilpe der Spatzen und das Geschrei der Turmschwalben war auf die Dauer nicht auszuhalten. Und von allen ihren alten Bekannten sah und hörte sie nichts: noch nicht einmal Schnurrjahn kam und erzählte ihr, wie es im Walde aussähe.

Dann gab es noch dieses und das, was nicht schön war. Der Ruß war wirklich arg; sie brauchte die doppelte Zeit zum Waschen. Und bis sie sich an die Leitungsdrähte gewöhnte, das hatte auch lange gedauert. Und niemals konnte sie, wenn sie in den Anlagen Würmer suchte, wissen, ob nicht so ein Menschenjunges mit der Schleuder oder mit dem Flitzbogen oder dem Pustrohr ihr zu Leibe wollte. Und die Regenwürmer in der Stadt waren zäh von dem Schwefelsäuregehalt des Bodens. Und nahm sie sich eine Kirsche, dann gab es Unfrieden mit den Besitzern. Manchmal wünschte sie, sie wäre in ihrer alten Wohnung im Walde geblieben, aber sie wollte ihrem Manne nicht so schnell recht geben, und dann waren ja auch die Kleinen da; und als die groß waren, da mußte sie wieder sitzen und brüten.

Endlich war auch die zweite Brut flügge und nach einigen Wochen selbständig. Watscheline war froh; sie sah zu, daß sie ihr altes Zeug loswurde, schaffte sich ein piekfeines, schöngemustertes Reisekleid an und machte mit ihrem Alten Ausflüge in die Umgegend. Heute war man am Fluß, wo Tausende von Staren im Grummet Käfer suchten, morgen besuchte man den Wald und ließ sich vom Spitzhack Specht erzählen, was dort unterdessen geschehen sei. Der Pirol war schon fort, die Taube hatte zweimal faul gebrütet, die jungen Fliegenschnäpper waren von der Eichkatze gefressen, den Häher hatte der Förster totgeschossen.

Als die Bäume schon mehr gelbe Blätter bekamen, meinte Dickkopp, jetzt sei es Zeit, zum Süden zu reisen, erst nach der Pfalz, wo jetzt die schönen Trauben reif wären, dann nach Italien und Spanien, vielleicht auch nach dem Balkan, und bei gutem Wind auf eine Mittelmeerinsel. Watscheline war es zufrieden; den letzten Winter, der sehr milde gewesen war, waren sie im Lande geblieben, aber sie hatten es bereut, denn es regnete viel, und wenn einmal Frost und Schnee einsetzte, dann sah es mit der Beköstigung recht mäßig aus. Aber sie meinte, sie müsse erst noch einmal nach der Wohnung sehen, und Dickkopp stimmte zu. So flogen sie denn zu ihrer Gartenvilla.

Schon von weitem sahen sie ihr Häuschen im halbkahlen Baum zwischen den blaubereiften Zwetschen. Als sie aber näher kamen, saß ein dicker, frecher, alter Spatz darin und tat so, als ob er immer darin gewesen wäre. Dickkopp als diplomatisch veranlagter, besonnener Mann setzte sich oben auf das Dach und sah sich den frechen Kerl von diesem höheren Standpunkte aus an, überlegend, was da zu machen sei. Watscheline aber fuhr wie wild auf den Eindringling los.

»Sie, was soll das heißen? Was fällt Ihnen denn ein? Was machen Sie da?«

»Ich sitze hier, wie Sie sehen«, sagte der Spatz, und seine Augen funkelten höhnisch.

»Solche Unverschämtheit«, zeterte Watscheline

los, »er sitzt da in anderer Leute Wohnung. Machen Sie, daß Sie herauskommen, oder ich bringe Ihnen Manieren bei.«

»Sie haben ja selber keine übrig«, ödete der Sperling, »behalten Sie das bißchen man alleine; ich will Sie nicht berauben.«

»Mann, Vater«, schrie Watscheline, »hast du gehört? Das ist doch zu frech! So ein Prolet! Schmeiß ihn heraus, Dickkopp!«

»Dickkopp ist gut«, sprach der Spatz, »Dickkopp ist schön, Dickkopp kann so bleiben.«

»Lümmel!« dachte Dickkopp, aber da er wußte, daß mit solchem Asphaltproleten schlecht anbinden ist, versuchte er es erst mit Güte.

»Entschuldigen Sie, Herr Sperling«, begann er höflich, »das ist unser Haus.«

»Ihr Haus? So? Ich dachte, es gehörte dem Doktor!« fragte trocken der Spatz. »Haben Sie es gemietet oder gekauft? Und gleich bar bezahlt oder was?«

»Wir haben es vom Frühjahr an mit Erlaubnis des Besitzers bewohnt und darin zweimal gebrütet und haben so ein historisches Recht darauf.«

»Historisches Recht ist gut«, meinte der Spatz. »Das sagte die Katze auch, als sie die Maus fraß. Jetzt bewohne ich es mit Erlaubnis des Besitzers und beanspruche ebenfalls ein historisches Recht, denn meine Frau wollte schon früher darin brüten, und auf einmal waren Sie da.«

»Hätten wir das gewußt, so wären wir zurückgetreten«, meinte Dickkopp höflich. »Sie hätten sich nur zu melden brauchen. Aber ich denke, wir einigen uns. Wir haben uns nun so an das Haus gewöhnt. Wir verreisen jetzt bis zum März, solange können Sie drin wohnen.«

»Danke schön, sehr liebenswürdig, zu viel der Güte«, höhnte der Spatz.

Dickkopp stieg die Wut in die Augen, aber er bezwang sich noch: »Und im März treten Sie es uns dann wieder ab, nicht wahr, Herr Sperling?«

»Dieses nicht, sondern nein«, meinte der.

»Ja, aber zum Donnerkeil«, schrie Dickkopp, dem die Sache zu dumm wurde, »sind Sie denn verrückt?«

»Ich nicht, Sie vielleicht?« tönte es zurück.

»Heraus mit Ihnen, oder ich mache Ihnen Flügel!«

»Danke, habe selber welche!«

»Wollen Sie heraus oder nicht?«

»Ich ziehe das letztere vor!«

Wütend hackte Dickkopp von oben nach dem Frechling, der aber kannte das, zog den Kopf zurück, und als Watscheline so unvorsichtig war und in das Schlupfloch kroch, faßte er sie beim Hals und kniff sie, daß sie schrie.

Rasend vor Wut stürzte Dickkopp vom Dach, kroch in das Haus, fiel über den Spatz her und hackte gewaltig auf ihn los. Als der Sperling merkte, daß er an den Unrechten gekommen war, schrie er Mord und Brand, und nun kamen sie von allen Seiten heran, die Spatzen, und fielen mit Verbal- und Realinjurien über das Starenpaar her.

»Solch Prachervolk! Haben im Walde nichts zu fressen und schnorren sich in der Stadt satt. Sollen hingehen, wo sie hergekommen sind! Bagage! Kirschendiebe! Schneckenfresser! Und krumme

Beine haben sie! Und gelbe Schnäbel bei ihrem Alter! Kein Wunder, daß sie sich so benehmen. Wartet nur, wir wollen es euch beibringen! Euch die bunten Lappen abreißen! Mit uns wolltet ihr anfangen! Ihr! Mit uns! Na, wartet bloß!«

»Komm, Dickkopp«, sagte Watscheline, der es ängstlich zumute wurde, »laß uns fortfliegen. Was sollen wir uns mit dem Gesindel herumschlagen!«

Sie erhoben ihr Gefieder und stoben ab. Und als sie draußen über der Wiese auf dem Telegraphendraht ihre Federn ordneten, rückte die Frau an ihren Mann heran und sagte: »Dickkopp, im März bauen wir wieder im Walde, nicht wahr?«

»Na, siehst du, Alte«, meinte er, »habe ich es nicht gleich gesagt. Aber ihr Frauen wollt nur immer nicht hören!«

JAKOB

Mitten im Bruche stand eine gewaltige, hochschäftige, breitkronige Kiefer, ein Wahrbaum für die ganze Gegend.

In ihr horstete Jahr für Jahr ein Kolkrabenpaar und erfüllte im April das Bruch mit seinen rauhen Balzrufen.

Ab und zu versuchten Schreiadler, Wanderfalken oder Habichte, den Raben den Horstbaum abzutreiben, aber die Raben hatten zu große Schnäbel und blieben stets siegreich.

An einem schönen Junimorgen kam ein junger Jäger unter dem Wahrbaume her und sah einen fast flüggen Raben im Heidekraute sitzen. Er nahm ihn mit und verschenkte ihn an Bekannte in der Stadt, die in ihrem Garten allerlei Tiere hielten.

Es gab einen großen Aufstand in dem Garten, als Jakob, wie das schwarze Ungetüm genannt wurde, auf den Rasen gesetzt wurde.

Jaköble, der Häher, war ganz entsetzt, als das großmächtige Rabenvieh seinen Riesenrachen aufsperrte und ihm auf den Leib rückte; aber schließlich holte er Futter und stopfte es ihm in den roten Schlund. Auch Jackelchen, die Elster, kam herangehüpft, sah sich das Scheusal an, und als das Gegiere nicht aufhören wollte, holte sie irgend etwas Eßbares und tat es vorsichtig in Jakobs unersättlichen Schnabel.

Jakob war immer hungrig. Was man ihm gab, das war ihm ganz gleich; er schlang alles hinab. Und wenn man ihn auch gerade gefüttert hatte und irgend etwas, das Federn hatte, kam ihm in den Weg, ganz gleich ob Jaköble oder Jackelchen oder Adam, der Turmfalke, oder Hans, der Waldkauz, oder eins von den Hühnern, es wurde angeplärrt. Ja, als einmal das Stubenmädchen aus Versehen den Flederwisch in den Garten fallen ließ, hüpfte Jakob sofort heran und schrie nach Futter, und ein anderes Mal machte er den Versuch, einen Federhut, der auf dem Gartenstuhl lag, zu bewegen, ihm den Hals zu stopfen.

Eines Nachmittags war die ganze Familie ausgegangen. Vor einer Stunde war in Jakob, die Dranktonne, wie die Mutter ihn auch noch nannte, erst so viel hineingestopft, wie nur hineingehen wollte, aber unaufhörlich hüpfte das gefräßige Untier im Garten umher und stieß seinen Heißhungergeschrei aus. Da Jaköble und Jackelchen eingesperrt waren, damit sie keine Dummheiten machen sollten, und Adam, der Turmfalke, in der Nachbarschaft Besuche machte, plärrte Jakob so lange dem Kauze Hans etwas vor, bis es diesem auf die Nerven ging. Er bequemte sich also nach seiner Futteranstalt in der Efeuberankung des Aquariumsockels, holte ein Stückchen Fleisch hervor und hielt es Jakob vor, damit er es ihm fortreiße, wie es die jungen Eulen machen. Aber Jakob kannte die Sitten der Eulen nicht und schrie nur noch scheußlicher, und da wurde es Hans zu dumm und er tat, was noch nie eine Eule getan hatte, er stopfte Jakob das Fleisch in den Rachen.

Es dauerte sehr lange, bis der junge Rabe fressen konnte und noch, als er schon beflogen war, krächzte er hinter allem, was eine Schürze trug oder in Federn gekleidet war, hinterdrein und bettelte um Futter. Schließlich bequemte er sich aber doch dazu, selber zu fressen, und als er das erst verstand, war nichts mehr vor ihm sicher. Jaköble und Jackelchen mußten scharf aufpassen, daß sie überhaupt etwas bekamen. Nur vor Hans hatte Jakob Achtung, denn der konnte seine großen Augen so seltsam auf- und zuklappen und so gefährlich mit dem Schnabel klappern. Das merkte sich Jaköble, der Häher, bald, und da er mit dem Kauz gut Freund war, so stopfte er ihm immer den Rest von seinem Futter unter den Flügel, so daß er sicher vor Jakob dem Großen war. Kam Jaköble mit einem Fleischbröckchen angehüpft, so lüftete Hans sofort den Fittich, und Jakob mußte zusehen, wie das Fleisch unter Hansens Achsel verschwand. Ab und zu versuchte er wohl, Hans am Schwanze zu ziehen, damit er das Fleisch fallen lasse, aber wenn die Eule sich umdrehte, die großen schwarzen Augen aufriß und mit dem Schnabel klapperte, dann fuhr Jakob zurück, als wenn, ja, als wenn eine überreife Birne neben ihm hingeplatscht wäre. Denn so frech er war, er hatte in der großen Stadt Nerven bekommen. Wenn eine Tür zuflog, verjagte er sich und schrie: »Kräcks«.

Sonst aber war er frech, wie es eben nur ein Kolkrabe sein kann. Er hatte vor niemand Achtung als vor dem Besen und vor Hans. Wehe dem jungen Mädchen, das mit roten Strümpfen in den Garten kam; sie empfing einen Hieb in die Wade, daß sie noch lange einen blauen Fleck behielt. Blieb ein Buch im Garten liegen, so las Jakob auf seine Art darin, und die Fetzen flogen überall herum. Erwischte er den Drückschlüssel des Hausherrn, so stopfte er das dreieckige Loch ganz fest mit faulen Blättern voll, und stand ein Stuhl vor der Tür, so machte er es mit dem Schlüsselloche genauso. Unglücklich der Hund, der sich im Garten sehen ließ. Jakob lauerte in seinem Verstecke, bis der Hund vorbeikam. Wupps, wischte er ihm eins und saß sofort auf dem Tisch oder der Stuhllehne, und der Hund zog mit eingekniffenem Schwanze fort. Katzen kamen nie mehr in den Garten. Sowie sich eine sehen ließ, um nach jungen Amseln zu fahnden, machte Adam einen schrecklichen Lärm, und Jakob brannte ihr eins auf das Fell, daß sie wie wahnsinnig über den Zaun fuhr.

Er saß voller Unarten, aber da er so ulkig war, sah man darüber hinweg, daß er die Butter aus der Dose hackte oder, wenn der Aquariumdeckel offenstand, fischte. Dann saß er eine ganze Stunde auf dem Rande des Gefäßes, und sobald ein Goldfisch emporkam, erhielt er einen tödlichen Schnabelhieb und wurde verspeist. Ebenso ging es auch den unglücklichen Fröschen, die sich in den Garten verirrten, und mehr als einmal erwischte Jakob sogar eine Maus und einmal sogar einen Maulwurf, den er in die Laube brachte, wo die Familie beim Kaffeetische saß. Jakob legte seine Beute in den Weißbrotkorb und sagte: »Quatsch!«

Das war sein Hauptwort. Einmal kam ein Herr und besuchte den Hausherrn. Als er sich verabschiedete und sagte: »Hoffentlich haben Sie für Ihre Heidfahrt schönes Wetter!«, unkte Jakob dazwischen: »Quatsch, Quatschquatsch!« Ein anderes Mal kam der Pastor und erzählte, wie traurig es mit dem Nachbar stehe, der nicht leben und nicht sterben könne. »Quatsch!« rief Jakob, und der geistliche Herr erschrak sich sehr, denn die Stimme kam unter seinem Stuhle her. Wieder einmal kam ein junger Geck zu Besuch und stellte seine Angströhre hinter sich auf den Rasen. Als er sie aufsetzte, rieselte ihm Sand daraus über sein Pomadenhaar. »Was ist denn das?« lispelte er. »Quatsch!« rief Jakob und machte ein Gesicht, als könne er kein Wässerchen trüben.

Immerwege hatte er Dummheiten im Kopfe. Eines Tages ging die Familie aus und vergaß, ihn einzusperren. Auf dem Rasen lag die Wäsche zum Bleichen. Jakob pflückte sich Kirschen, setzte sich damit auf die Wäsche und massakrierte die Kirschen, daß der rote Saft nur so herumstob. Sechs Hemden und vier Unterröcke mußten noch einmal gewaschen werden. Im Frühjahre wurden Maßliebchen gepflanzt, abwechselnd rote und weiße. Nach dem Mittagessen gab es ein großes Geschrei: alle Maßliebchen waren geköpft, und Jakob stand vor zwei Löchern, die er in ein Beet gehackt hatte, und besah wohlgefällig seine Sammlung; in dem einen Loche lagen die weißen, in dem andern die roten Blumen.

Zu seinem Hauptvergnügen gehörte es, sich auf das Eisen der Harke zu setzen, wenn die Gartenwege geharkt wurden; dann benahm er sich so stolz wie ein Mann, der sich eine Sonntagskutsche geleistet hatte. Einmal stellte er sich tappig dabei an und büßte einen Zeh dadurch ein. Er plärrte eine halbe Stunde lang und verzichtete fortan auf das Fahren auf der Harke. Sehr albern benahm er sich einige Tage später. Er flog auf die schlappe Wäscheleine und konnte das Gleichgewicht nicht halten. Ein Vaterunser lang schaukelte er auf der Leine hin und her und schrie, als zöge man ihm die Federn einzeln aus. Gräßlich dämlich benahm er sich, als ihm ein Besucher eine Kuchentüte über den Kopf stülpte. Erst saß er ganz begossen da, dann schüttelte er den Kopf wie unklug, darauf versuchte er Rad zu schlagen und Kobolz zu schießen, schließlich hüpfte er im Kreise und schlug mit den Flügeln wie eine verrückt gewordene Windmühle. Seitdem haßte er alle Tüten.

Am alleralbernsten aber stellte er sich an, als er den ersten Schnee seines Lebens sah. Erst machte er ein Gesicht wie eine Kuh, die es donnern hört. Dann fraß er ein bißchen von dem weißen Zeug. Darauf warf er Stücke davon in die Luft, kratzte darin herum, und schließlich kollerte er sich darin umher. Plötzlich machte er die Entdeckung, daß er eiskalte Füße hatte. Dann zog er den linken an, aber nun wurde wieder der rechte kalt. Auf einmal begann er so erbärmlich zu quaken, daß das ganze Haus zusammenlief. Seitdem haßte er auch den Schnee und ging nicht mehr auf die Wäsche, wenn sie zum Bleichen im Garten lag.

Eines Tages hatte er Durst und fand ein volles Glas Bier stehen. Erst schmeckte es ihm nicht, aber der Durst trieb es hinunter. Als der Hausherr zurückkam, war das Glas umgeworfen, und Jakob war so betrunken wie ein Pole am Zahltage. Erst sprach er so schnell, wie er es noch nie getan hatte: »Quaquaquaquaquaquatsch«, wohl hundert Male, dann versuchte er zu krähen, bekam aber den Schlucken. Alsdann versuchte er geradeaus zu gehen, taumelte aber wie ein Anfänger beim Radfahren; dann flog er steil in die Luft und kam mit großem Geflatter und noch größerem Gekrächze wieder herunter, und zwar in einem Rosenbusche, in dem er so lange herumkrabbelte, bis der Hausherr, der sich halbtot lachen wollte, ihn erlöste. Darauf versank er in Melancholie, zog den Kopf ein und stierte eine Weile vor sich hin, um dann wie verrückt auf die Waschschüssel loszustürzen und diese, als er sie leer fand, mit Schnabelhieben zu bedecken. Er bekam Wasser und trank so viel, wie er sonst in einer Woche nicht trank. Nun überfiel ihn der Zerstörungskoller, und er riß Gras und Blätter ab und sprang dabei herum wie ein Mensch, der die Hosen voller Ameisen hat. Und dann verschwand er und kam erst spät am andern Morgen mit sehr schlechter Laune, großem Brand und völliger Freßunlust wieder zum Vorschein.

Als er drei Jahre alt war, war er ein vollendeter Heuchler und ein gerissener Dieb und wurde deshalb auf das Land verschenkt. Dort führte er sich aber so übel auf, daß man ihn in einen Käfig sperrte. Aber selbst das half nichts; wenn die Küken auf dem Hofe herumliefen, lockte Jakob genauso wie die Glucke, und sowie eins der Küken an seinen Käfig kam, schnappte er zu und zog es hinein. Schließlich trieb er es so arg, daß man ihn dem Zoologischen Garten schenkte.

Da sitzt er heute noch, läßt sich von den Besuchern füttern und sagt zum Dank: »Quatsch!«

Mein Dachs und meine Dackel

Im April wurde in meiner Wohnung von unbekannter Seite eine Kiste abgegeben, die einen kleinen Dachs enthielt. In seinem Begleitschreiben teilte der unbekannte Absender mit, der Dachs sei für meine Hunde bestimmt.

Daraus wurde nun selbstverständlich nichts. Erstens einmal des Jagdgesetzes wegen, zweitens, weil es eine Schinderei gewesen wäre, die Hunde an dem wehrlosen Tierchen zu arbeiten, und drittens war es auch viel zu niedlich dazu. Meine drei Hunde, nämlich Bob, ein kleiner, weißer, scharfer Terrierbastard, ferner Patzel, ein schwarzer, rotgezeichneter, stichelhaariger Teckel, Inhaber erster Preise, und sein elf Monate alter, roter, glatter Bruder Battermann, waren allerdings anderer Ansicht. Jaulend, winselnd, bellend und pfeifend tanzten sie um mich herum und baten: »Laß uns doch den Stinker, wir möchten ihn bloß ein ganz klein bißchen langziehen!«

Da das Dächschen nicht fressen und saufen wollte, so wurde ein Gummisauger geholt, eine Bierflasche mit lauwarmer Milch gefüllt, und nachdem er einige Male durch gellendes Keckern sein Mißbehagen über den ungewohnten Gummigeruch ausgedrückt hatte, lutschte er kräftig und anhaltend, während auf der Erde den drei Hunden die Mordlust nur so aus den Augen leuchtete. Vormittags hatte ich ihn bekommen, nachmittags lief er schon hinter mir her, wenn ich die Pulle hatte. In drei Tagen war er ganz an mich gewöhnt und hörte sofort mit Keckern auf, sowie er meine

Stimme vernahm. Dann setzte er sich auf meinen rechten Schuh und lutschte ruhig und besonnen an meinem linken herum, wenn er nicht plötzlich zusammenzuckte und mit Zähnen und Branten ein furchtbares Gemetzel unter seinen Inquilinen anrichtete. Er saß nämlich lebendig voll von langen, dicken Flöhen und noch dickeren Holzbökken, so voll, daß sein Bauch ganz wund war. Eine gehörige Schmierkur befreite ihn aber für immer von dieser Plage.

Als Schlafraum wurde ihm eine mit alten Dekken vollgestopfte Kiste im Keller angewiesen, in der er so lange blieb, wie es ihm paßte. War das aber nicht der Fall, dann keckerte er gellend und anhaltend und kratzte wie verrückt an der Kellertür. Sein Keckern war so durchdringend, daß eines Nachts das ganze Haus davon wach wurde, so daß ich aufstehen und ihm eine Flasche machen mußte. Schwach war er übrigens auch nicht. Da er nachts immer im Keller herumtobte, wurde er abends warm eingepackt und mit einem Eisengitter zugedeckt, auf das zwei dicke Steine gelegt wurden. Er murkste aber gegen Morgen so lange in seinem Bett herum, bis er Steine und Gitter herunter hatte. Aber reinlich war er. Seine Bedürfnisanstalt hatte er in einer bestimmten Kellerecke, vor der ein Stein lag, und es war höchst lustig anzusehen, wie er sich mit viel Mühe rückwärts über den Stein schob. Seine Sprache bestand außer dem gellenden Gekecker, das er ertönen ließ, wenn er Hunger hatte oder sich langweilte, in einem lauten Schnauben, wenn man ihm plötzlich zu nahe kam, wobei er seine Haare sträubte, sich aufblähte und sich nach Möglichkeit den Rücken zu decken suchte, in einem behäbigen Schmatzen, wenn er die Flasche bekam, und in einem ärgerlichen Schnarchen, wenn ihm irgend etwas nicht paßte.

Es dauerte eine ganze Weile, ehe ich die Hunde an ihn gewöhnte. Bob, der schon sehr verständige Terrier, ignorierte ihn, nachdem ich ihm erklärt hatte, daß Dächschen tabu sei. Patzel sah ihn mit weißfunkelnden Augen an, war aber zu gut erzogen, um sich an ihm zu vergreifen. Battermann, der Jüngling, aber raste auf ihn los, sowie er ihn erblickte, und es gab jedesmal ein großes Theater. Als er aber einsah, daß der Dachs sich unseres Schutzes erfreute, da fing er an zu mucken. Er guckte uns nur noch von der Seite an und machte ein Gesicht, als wenn er sagen wollte: »Wenn ihr mit solchem Stinker verkehrt, dann brech' ich allen studentischen Verkehr mit euch ab.« Nach vierzehn Tagen hatten die Hunde sich an Dächschen gewöhnt, und ich konnte sie schon, allerdings nur, wenn ich aufpaßte, mit ihm zusammenlassen.

Der Dachs war auch gehörig gewachsen, denn er lutschte täglich einen bis anderthalb Liter Milch aus und wußte sich seiner Haut brav zu wehren. Nach drei Wochen brauchte ich keine Angst mehr zu haben. Die Hunde taten dem Dachs nichts und waren froh, wenn er sie in Ruhe ließ. Er hatte nämlich die niederträchtige Gewohnheit, sie fortwährend in die Hinterläufe zu beißen, und da sie ihm nichts tun durften, so kniffen sie, peinlich berührt, vor ihm aus, wenn er sich sehen ließ, oder retteten sich auf Stühle oder Bänke. Am traurigsten ging es dem Terrier, dessen schwarzweiße Kopffarbe mußte den Dachs wohl an seine Mama erinnern, denn sowie Bob auf der Bildfläche erschien, sauste Dächschen hinter ihm her und versuchte zu saugen, eine Zumutung, die Bob stets mit großer Entrüstung und Verlegenheit erfüllte.

Mit der Zeit gewöhnten sich die Hunde so an den kleinen Grimbart, daß sie mit ihm spielten, wobei oft Szenen entstanden, daß alle Zuschauer Tränen lachen mußten. Am lustigsten sah es aus, wenn die Dackel ihn die Treppe hinuntertrudelten und der Terrier Schleuderball mit ihm spielte, indem er ihm mit der Nase unter den Leib fuhr und ihn die Treppe hinaufbugsierte. Battermann dagegen tat nichts lieber, als den Dachs in den Nacken zu packen und viertelstundenlang herumzuschleppen. Gar zu gern hätte er ihn gewürgt, aber der Dachs ließ sich nie an die Kehle fassen, immer schob er den Nacken vor und steckte die Nase weg, und wenn es ihm der Teckel einmal zu toll machte, dann schlug er um sich, daß es nur so brummte.

Den Mai über verlebte ich im Harz, wo Battermann Gelegenheit hatte, einen Bock zu arbeiten und einen alten Fuchs zu zausen, aber auch die Staupe durchmachen mußte und seinen lieben Bruder Patzel durch einen unglücklichen Zufall verlor. Als ich zurückkam, war der Dachs beinahe stärker als der Teckel und ein ganz unverschämter Brite geworden, der sich vor nichts mehr forcht. Nun war es höchst lustig anzusehen, wie Battermann sich zu ihm stellte. Er hatte den Dachs zuerst nicht mehr in der Erinnerung und fuhr ihm sofort an die Schwarte. Als der sich aber gehörig wehrte und wir dem Hunde bedeuteten, daß er ihm nichts tun dürfe, ignorierte er ihn vollständig und ging mir sogar aus dem Wege, wenn er witterte, daß ich mich mit dem Dachs beschäftigt hatte. Er war eifersüchtig und beleidigt.

Eines Nachmittags nun lag ich auf dem Faulbett und las. Da der Dachs mich fortwährend störte, stieß ich ihn zurück und sah dabei, wie Battermanns Augen leuchteten. Ich lud ihn ein, bei mir Platz zu nehmen, eine Gunst, die ich ihm noch nie gewährt hatte. Von diesem Augenblick an änderte der Teckel sein Benehmen gegen den Dachs; er hatte eingesehen, daß er doch der Beste war, und spielte von nun an immer mit Dächschen. Ihr Hauptspiel war Schliefen. Dächschen schliefte unter das Faulbett, und Battermann versuchte, hinterher zu schliefen. Dächschen schlug tapfer um sich, Battermann lag fest vor und verbellte standhaft, bis ihm die Sache zu langweilig wurde und er ihn beim Nacken herauszog worauf dann die wilde Jagd unter allen Stuhl- und Tischbeinen her weiterging.

Bis dahin hatte Dächschen noch keine Miene gemacht, zu fressen oder allein zu saufen, sondern interessierte sich nur für die Flasche. Eines Tages biß er sich an der Hand eines Bekannten, der ihn neckte, den letzten Milchzahn aus. Eine halbe Stunde später stürzte er sich wie rasend auf die Hundeschüssel und fraß den baß erstaunten Hunden ihren schön geschmälzten, mit Fleischstückchen interessant gemachten Reis vor der Nase fort. Von der Zeit an interessierte er sich auch lebhaft für den Garten, murkste in allen Ecken herum, stach unter heftigem Schnauben und Prusten unter den Efeueinfassungen und im Komposthaufen und verzehrte schmatzend die fetten Regenwürmer und Salatschnecken, die er zutage förderte, obgleich er tags vorher noch gehacktes Fleisch, das ich ihm in den Rachen gestopft hatte, mit einer Gebärde tiefsten Ekels im hohen Bogen ausgespien hatte. Jetzt aber schlang er alles hinab, was ihm vorkam; am liebsten nahm er Weißbrot mit Milch, aber auch kalte Kartoffeln, Fleisch, Brot, Gemüse, rohe Mohrrüben und Obst verschmähte er nicht, und die Herren Hunde mußten sich mittags beeilen, wenn sie überhaupt etwas kriegen wollten.

Je älter und stärker Dächschen wurde, um so unverschämter wurde er. War er bei mir im Zimmer, so erlaubte er es nicht, daß ich ruhig am Schreibtisch saß. Immer wollte er, daß man sich mit ihm beschäftigte, und tat ich ihm nicht den Willen, so biß er mich empfindlich in die Knöchel. War er gar im Keller eingesperrt, so keckerte er über das ganze Haus und rappelte derartig an der Kellertür, daß es nicht zum Aushalten war. Vor den Hunden hatte er schon längst keine Angst mehr. Er jagte sie im Haus und Garten herum und brachte Battermann durch sein ewiges Zwicken so in Wut, daß er sich mit einem Wutgeheul auf ihn stürzte und ihn nach allen Regeln der Kunst beutelte.

Schließlich wurde der Dachs so unverschämt, daß nach längerem Familienrat beschlossen wurde, ihn dem Zoologischen Garten zu verehren. Er war kaum einige Tage da, so erschien ein Freund unseres Hauses und teilte uns mit, der Dachs sei mit acht Eskimohunden zusammengesperrt, die ihn schmählich mißhandelten. Tiefbetrübt eilte ich zum Zoologischen Garten und stürzte nach den Eskimohunden. Da war kein Dachs, und als ich den Wärter fragte, lachte der und sagte: »Der? Den sollen die Hunde mißhandelt haben? Umgekehrt war's! Ich habe ihn herausnehmen müssen, er ließ die Hunde nicht ans Futter. Jetzt sitzt er bei den Affen!«

Ach du lieber Himmel! dachte ich, denn wie gemein das Affengesindel ist, das wußte ich. Als ich aber an den Rhesuskäfig kam, da spazierte Dächschen ruhig und besonnen darin herum, fraß alles, was das liebe Publikum durch das Gitter stopfte, und die Affen waren auf die höchsten Akazien geklettert, trauten sich nicht herunter und hatten das Zusehen gratis und franko. Wagte sich aber einmal einer von ihnen ins Parterre, dann sauste Dächschen sofort hinter ihm her und stach ihm ganz gehörig einen. Da er durch seine Erziehung an das Tageslicht und an die Menschen gewöhnt war, trieb er sich den ganzen Tag im Käfig herum und amüsierte das Publikum durch sein fideles Wesen. Er hatte sogar Radschlagen gelernt, von wem, weiß ich nicht. Die Affen gewöhnten sich schon etwas an ihn, befolgten aber immer noch den alten Wahlspruch: »Vis-à-vis is beeter as dichte bi.« Im Herbst war Dächschen halb erwachsen, hatte sein Winterhaar angelegt und sah sehr stattlich aus. Aber Dummheiten hatte er immer im Kopf; jeden Morgen, wenn die Affen aus dem

Schlafkäfig in den Freikäfig gelassen wurden und sich auf das Wasserbecken stürzten, um zu trinken, gab Dächschen jedem von ihnen, den er erwischte, einen Puff, daß er in das Bassin flog, und wenn die nassen Affen herauskrabbelten, dann lachte er.

Diese Beschäftigung genügte aber auf die Dauer seinem ungestümen Tatendrange nicht, und er begann, den Asphaltestrich aufzureißen, was er so gründlich besorgte, daß er in den Nebenkäfig gesperrt wurde. Dort machte er es nicht besser, und so wurde ihm die hochherrschaftliche Wohnung im Affenhause gekündigt, und er mußte im alten Dachshause Unterkunft suchen, was ihm zuerst durchaus nicht behagte, weil er eine größere Wohnung gewöhnt war.

Da die Backsteine und das Gitter seinem Zerstörungstriebe widerstanden, suchte er sich andere Zerstreuung, und die besteht darin, daß er jedesmal, wenn einer seiner Nachbarn, der Stachelschweine, sich zu sehr seinem Käfig nähert, ihm einen oder mehrere Stacheln mit großer Behendigkeit ausrupft, die er dann, hat er gerade nichts Besseres, ruhig und besonnen zerkaut.

Heute noch, wo doch schon Jahre darüber hin sind, daß ich ihm die Flasche gab, kennt er mich, und wenn mein Trillerpfiff erklingt, stürzt er aus seiner Höhle und wartet der guten Dinge, die da kommen sollen.

Meine lieben Hunde aber sind alle tot.

Der Wind pfiff halb von Nord, halb von Ost. Allem, was am Berge lebte, mißfiel er, alle, Maus und Eichhorn, Has' und Reh, Fuchs und Dachs, blies er in ihre Verstecke, und Bussard und Krähe, Meise und Häher pustete er über den Kamm des Berges an den Westhang. Es fror, daß es knackte. Die Weizensaat unter dem Walde winterte aus, die Rinde der Eiche sprang, still stand der Graben, und der Bach verschwand.

Sieben Tage schnob der bitterböse Wind im Lande umher, dann verlor er den Atem. Über den Berg stieg eine Wolkenwand, schwarzblau und schwer, schob sich über den hellen, hohen Himmel und legte sich tief auf das Land, bis sie sich an den scharfen Klippen des Berges den Bauch aufschlitzte. Da quoll es heraus, weiß und weich, einen Tag und eine Nacht, und noch einen Tag und noch eine Nacht, und so noch einmal, bis alles zugedeckt war im Lande und auf dem Berge und so sauber aussah und so reinlich, daß die Sonne vor Freuden lachte. Ihr Lachen brachte Leben an den Osthang des Berges. Mit einem Male waren die Rehe wieder da und die Hasen, Fuchs und Dachs fuhren aus ihren Gebäuden, das Eichhorn verließ den Kobel und die Maus das Loch, Bussard, Krähe und Häher tauchten auf, und überall wimmelte es von buntem, lustigem Kleinvogelvolke.

Das Lachen der Sonne war falscher Art, es kündete Blut und Tod. Der tauende Schnee ballte sich und brach Äste und Bäume, er knickte die Fichten und krümmte die Jungbuchen, und auf dem Boden überzog der Schnee sich mit einer Kruste, hart wie Eis und scharf wie Glas. Der Ostwind hatte ausgeschlafen und blies aufs neue gegen den Berg. Da kam die Zeit der schweren Not.

Die Maus hatte ihren Gang unter dem Schnee, das Eichhorn behalf sich mit Blattknospen und Rinden, der Hase rückte in die Kohlgärten, der Dachs verschlief die hungrigen Nächte, der Fuchs suchte die Dungstätten ab. Übel daran aber war das Reh. Die Saat war begraben in steinhartem Schnee. Die Obermast im Holze war verschwunden. Verschneit waren die Himbeeren, verweht die Brombeeren, unsichtbar die Heide. Buchenknospen und dürre Halme, trockene Blätter und harte Stengel, das war alles, was der Berg an Äsung bot.

Der Hunger ging durch den Wald. Wo seine Augen ein Reh trafen, da fiel es ab. Der Hals wurde lang, die Dünnungen tief, rauh die Decke und immer größer die Lichter.

Langsam und vorsichtig zogen die Rehe am Hange entlang, aber alle Behutsamkeit half ihnen nichts; eins nach dem anderen trat durch die Eiskruste des Schnees und zerschabte sich die Läufe. In jedem Wechsel zeichneten sich blaßrote Flekken ab.

Und wieder baute sich eine schwarzblaue Wand hinter dem Berge auf, schob sich über den hellen Himmel, legte sich über das Land, riß sich an den Klippen den Pansen auf und schüttete Schnee auf das Gefilde, einen ganzen Tag und eine volle Nacht.

Und wieder lächelte die Sonne ihr hinterlistiges Lächeln und machte Eis aus dem Schnee. Noch

langsamer, noch vorsichtiger zogen die Rehe dahin, mit Hälsen, so dünn wie Heister, schwarze
Löcher in den Dünnungen. Und wo sie zogen, da
wurde der Schnee rot.

Der Tod ging durch den Wald. Da war kein Reh
am ganzen Berge, das nicht an den Läufen klagte.
Das eine blieb stehen, wo es stand, und zitterte, bis
es fiel. Ein anderes tat sich nieder und stand nicht
wieder auf. Ein drittes stürzte halb verdurstet in
die Quellschlucht und erstarrte im eisigen Wasser.

Noch niemals ging es dem Fuchs so gut wie da.
Sein Tisch war gedeckt, war reicher beschickt als
zur Maienzeit, wenn alle Mäuse hecken und das
Feld von Junghasen wimmelt. Auch der Marder
konnte zufrieden sein und Bussard und Krähe
nicht minder; sogar für die bunten Meisen blieb
noch Fraß genug übrig, und die Waldmäuse nag-
ten die letzten Sehnenfetzen von den Knochen.

Kein Ende der Not kam; jeden Tag ging der
Tod seinen Belauf im Berge ab. Selbst die Hasen
schonte er nicht; mancher von ihnen, der sich am
gefrorenen Kohl verdarb, füllte den Pansen des
Fuchses, der von Tag zu Tag mehr in die Breite
ging.

Eines Morgens aber fuhr er mit ledigem Leibe
zu Baue. Vor der Dickung lag ein gefallenes Reh,
an dem er sich schon eine Nacht gütlich getan hatte. Doch als er die zweite Nacht heranschnürte, da
schlug ihm eine seltsame Witterung entgegen, ein
Geruch, den er nur einmal gewittert hatte. Rund
um den Fleck, wo das gefallene Stück lag, schnürte
er, und eine geschlagene Stunde dauerte es, ehe er
sich ein Herz faßte und heranschlich. Und da

stand er und windete und äugte lange Zeit, und schließlich schnürte er mit hängender Lunte und angelegten Gehören mißmutig ab, denn sein Reh war fort, war bis auf die Schalen und einige Deckfetzen verschwunden, und weiter war nichts da als die niederträchtige und dabei doch verlockende Witterung.

Aber der Tod ging immer noch durch den Wald, und er schlug Stück um Stück mit harter Hand. Der Fuchs verlor den Mut nicht. Behende trabte er von Wechsel zu Wechsel, bis er einen fand, in dem eine kranke Fährte stand, und der hing er nach. So ganz leicht war es nicht, sie zu halten. Es schneite und schneite, und der Wind pfiff böse; er schob den Schnee von den Blößen vor die Dickungen, fegte ihn hier zusammen, kehrte ihn dort fort, verdeckte auf weite Strecken die Rotfährte und verwischte sie endlich völlig. Das ganze helle Holz suchte der Fuchs ab; er nahm diese Fährte wieder auf, wo er sie zuerst gefunden hatte, und er hing ihr nach bis zu der Stelle, wo sie in der großen Schneewächte unterging. Da saß er eine ganze Weile auf den Keulen, und dann schnürte er weiter, hungrig, müde und verdrießlich. Er suchte alle Rehdickungen ab; sie waren leer. Er schlich durch den Stangenort; da war es tot. Er trabte den Bach entlang bis zum Vorholze; es war dort unten so wie oben.

Da schnürte er zu Felde, um an der Dieme auf Mäuse zu passen. Als er dort angelangt war, vergaß er alle Mäuse, denn er fand die kranke Fährte wieder. Eilig, aber behutsam, nahm er sie auf und hielt sie bis zu dem Fichtenmantel unter dem Altholze. Immer länger wurde er, denn immer wärmer wurde die Fährte, und schon war er in den Fichten, da fuhr er wie besessen heraus und stob in das Feld zurück. Denn in den Fichten war es nicht geheuer. Es hatte da gebrochen, so laut und so grob, als wenn ein Mensch da gegangen wäre, und es hatte dort geschnauft und geschnarcht, wie kein Tier des Waldes zu schnaufen und zu schnarchen vermag.

In guter Sicherheit stand der Fuchs im Schatten der krausen Feldeiche und überlegte. Dann holte er sich Wind. In weitem Bogen trabte er am Vorberge entlang, verschwand bei der Quellschlucht im Altholze, schnürte hoch über dem Fichtenmantel durch die Räumdungen und schlich vorsichtig näher. Gerade, als der Mond die Wolken fortschob, kam der Fuchs bei den Fichten an. Da war es still und einsam. Der Fuchs schlich näher, den vollen Wind nehmend, Rehwitterung zog ihm entgegen. Langsam schlich er näher, verhoffte, schlich wieder näher, der guten Witterung entgegen; da fuhr er zurück. Denn da war eine zweite Witterung, die fremde Witterung von vorhin, dieselbe, die er bei dem gefallenen Stücke wahrgenommen hatte, das ihm verlorengegangen war, eine unbekannte, verdächtige, absonderliche, geheimnisvolle, niederträchtige Witterung, zwar keine von Mensch oder Hund, aber immerhin nicht ungefährlich und auf keinen Fall vertrauenswert. Und jetzt der Ton! Ein Blasen, Schnaufen, Schnarchen, wie es nachts oft aus den Ställen bei den Gehöften kommt. Der Fuchs drehte um und stahl sich davon. Er traute dem Frieden nicht.

Eine gelbgesäumte Wolke brachte den Mond wieder zu Bett. Das Schneetreiben setzte abermals ein. Da blies es lauter in den Fichten, da krachte es im Schnee, brach es in dem Fallholz, und schwarz und grob schob es sich aus der Dickung, verhoffte, nahm laut schnaubend Wind, trat dichter an das gefallene Stück, daß der harte Schnee krachend zerbrach, prüfte noch einmal blasend den Wind und nahm dann den Fraß an.

Der Waldkauz, der allabendlich an dem Tannenmantel entlang strich, um eine Maus zu schlagen oder einen Vogel aus dem Verstecke zu klatschen, rüttelte einen Augenblick neugierig über der kleinen Lichtung, von der ein lautes, gieriges Schmatzen und Schlabbern erscholl, untermischt mit dem Knirschen der Schneekruste und dem Krachen von Knochen. Dann strich die Eule ab; wo es laut war, gab es für sie nichts zu fangen.

Als der Fuchs am Spätnachmittage des anderen Tages den Tannenmantel absuchte, fand er dort, wo das Schmalreh gelegen hatte, nur noch die Schalen, einige zertrümmerte Knochen und etliche Fetzen der Decke in dem zerwühlten, niedergetretenen, besudelten Schnee. Alles andere hatte der von weither zugewechselte, versprengte Schwarzkittel verschlungen.

Der Tod ging immer noch durch den Wald, aber dem Fuchs bescherte er nichts. Jedes Stück, das Hunger und Hartschnee umwarfen, verschwand im Gebräche der Sau, so daß auch Reinke empfand, daß sie gekommen war, die Zeit der schweren Not.

DES RÄTSELS LÖSUNG

Waldmann ist unter die Philosophen gegangen.
Etwas Rätselhaftes ist in sein Leben getreten, etwas
Mystisches, Unbegreifliches, Transzendentales.

Was mag das wohl sein, wovon morgens immer
der Hof des Forsthauses eine so sonderbare Witterung hat? Die Katze ist es nicht, eine Ratte auch
nicht? Also: »Was ist es?«

Es gibt mehr Dinge zwischen dem Hundehause
und der Belaufsgrenze, als eine Hundenase verstehen kann. Das ist das Ergebnis der philosophi-
schen Betrachtungen Waldmanns, ein Ergebnis,
das ihm seine ganze Gemütsruhe genommen hat.
Es ist ein Tier, aber ein unbekanntes Tier, das eine
ganz andere Witterung hat als Fuchs und Dachs
und Has' und Reh und Hirsch und Sau, und auch
eine andere als Igel und Wühlratte und Wiesel
und Eichkatze.

Es kommt nachts aus dem Schweinestalle und
geht in den Torfschuppen. Manchmal bleibt es
drei Tage aus, aber am vierten ist es wieder dagewesen. Einmal war es eine volle Woche fort, und
Waldmann dachte kaum mehr daran. Dann auf
einmal roch wieder der Wechsel zwischen Schweinestall und Torfhaus so stark danach, daß Waldmann wie toll hin und her lief und winselte und
kratzte und kläffte, bis der Hegemeister fragte, ob
er nicht ganz klug sei.

Wenn Waldmännchen mit seinem Herrn im
Revier war, vergaß er die unerklärliche Witterung,
draußen gab es immer so schrecklich viel zu
schnüffeln und ab und zu auch etwas zu zausen;

heute einen Fuchs, der die Kugel zu kurz bekommen hatte, und dann ein geltes Tier, das Waldmann arbeiten mußte, weil Hirschmann, der sich den Vorderlauf vertreten hatte, zu Hause geblieben war. Das war ein großes Vergnügen, am Riemen auf der Rotfährte nachzuhängen, und ein noch größeres, das Stück zu Stande zu hetzen, und das größte, es an der Drossel zu schütteln, als es im Fangschuß zusammenbrach. Bei solcher hohen Arbeit vergaß Waldmann das unheimliche Wesen, das Nacht für Nacht auf dem Hofe umging.

Sobald er aber in die Nähe des Hauses kam, schoß ihm der Gedanke daran in den Sinn. Und wenn er noch so hungrig war und die Frau Hegemeisterin ihn auch noch so gut fütterte, so fuhr er doch zuerst auf den Schweinestall los, steckte seine Nase zwischen die Planken, kratzte und winselte, schnüffelte sich dann bis zum Torfschuppen hin, benahm sich da ebenso wie beim Schweinestalle und schlich schließlich mit nachdenklich gerunzelter Stirn und hängender Rute in das Haus, und der Hegemeister lachte und meinte: »Unser Waldmann hat den Rattenkoller. Wir wollen Fallen aufstellen!« Und am anderen Morgen schlug sich Waldmann in der Waschküche zwei dicke Ratten um die Behänge, und dann schoß er wieder auf den Schweinestall los und fing an zu schnüffeln.

Eines Abends, als er auf der Sauschwarte vor dem Sessel saß, fuhr er wie wahnsinnig zur Türe, riß beinahe das Mädchen um, das mit dem Nachtmahl hereinkam, rannte in den Hof und kläffte und winselte an dem Torfschuppen herum, bis der Knecht mit der Laterne kam und ihn in den

Schuppen einließ. Da schoß Waldmann nun hin und her, sprang an den Wänden hoch, kletterte über die Törfe, schnaufte in alle Ecken hinein, bis er von dem Torfmull einen Husten bekam, und zog schließlich, von dem Hegemeister weidlich ausgelacht, vergrämt wieder ab. Mürrisch lag er während des Abendessens auf seiner Sauschwarte, und selbst der Todesschrei der Wurst, wie der Hegemeister es nannte, wenn er der Mettwurst die Haut abriß, lockte ihn nicht an den Tisch.

»Lacht mich nur aus«, dachte er, »wer zuletzt lacht, lacht am besten! Ich habe es deutlich vernommen, daß da etwas auf dem Hofe war, und es war nicht Müschen, die Katze, und eine Ratte war es auch nicht, und es war etwas, das ich nicht kenne, das ich noch nicht gewürgt habe. Wer weiß, ob es nicht ein ganz gefährliches Tier ist, ein Tier, das die Schweine fressen will oder den Torf.

Ich muß aufpassen, daß es kein Unglück gibt. Herrchen ist ja der klügste Mensch, den ich kenne, aber gegen uns ist er doch ziemlich dumm, und seine Nase ist auch nicht besser als die anderer Menschen, sonst würde er es nicht aushalten, das Zeug zu rauchen, das ich für den Tod nicht ausstehen kann, und Apfelsinen zu essen und Bier zu trinken, Dinge, die jeder feinen Nase entsetzlich sind!«

Als der Hegemeister in das Bett wollte, sah er, daß Waldmann noch einmal nach dem Wetter sehen wollte, und er ließ ihn hinaus. Wieder ging das Hin- und Hergerenne und das Gewinsel los; und als sich der Hegemeister zu dem Hunde hinunterbückte, um zu sehen, was er an dem Torfschuppen zu kratzen habe, da sprang Waldmann an ihm empor, pfiff in den höchsten Tönen und stellte sich an, als hinge das Wohl und Wehe des ganzen Hauses davon ab, daß die Sache ihre Aufklärung erführe. Und der Hegemeister ließ ihn in den Schuppen und half ihm oben auf die Törfe; da lief Waldmann hin und her und machte einen Lärm wie eine ganze Meute, bis schließlich ein halbes Hundert Törfe ins Rutschen kam und mit dem Hunde dem Hegemeister um die Beine polterte. Und da hieß es denn wieder: »Nun komm, Waldmann, und rege dich nicht um die albernen Ratten auf!« Als aber mitten in der Nacht Waldmann mit fürchterlichem Gekläffe aus seinem Korbe schoß, vom Boden auf den Korbsessel und von da gegen das Fenster sprang, da wurde es seinem Herrn denn doch etwas zu bunt. Waldmann bekam einen Pantoffel an den Hals und wurde in einer Weise angeschnarcht, die ihm durchaus nicht paßte.

Deshalb muckte er denn auch den ganzen folgenden Tag; er ließ seine Milch stehen, ging seinem Herrn aus dem Wege und verkniff sich das Pfeifen und Wedeln, als er mit in den Wald durfte. Um ihn wieder zu versöhnen, schoß ihm sein Herr eine Eichkatze; aber anstatt sie mit großem Getöse abzuschütteln und mit Stumpf und Stiel zu verspeisen, wie er es sonst tat, beroch er sie kaum und ließ sie liegen, und der Hegemeister schüttelte den Kopf, lachte und sagte nachher zu Hause: »Der Hund trägt es mir jetzt noch nach, daß ich ihm heute nacht den Pantoffel an den Kopf warf.« Aber das hatte Waldmann nicht so übelgenommen wie das Anschnauzen, und vor allem hatte ihn der Ausdruck »Kartoffelkopp« tief gekränkt. So wedelte er beim Abendbrot noch nicht einmal, als ihm eine Fetthaut von der Leberwurst hingeworfen wurde, und es dauerte fast fünf Minuten, ehe er geruhte, sie zu verspeisen.

Er war auch mehr traurig als wütend. Ist es denn möglich, daß die Menschen essen und trinken und lachen können, während es draußen umgeht? Wer weiß, ob nicht schon heute nacht das schreckliche Wesen sich in das Haus schleicht und irgendein Unheil anrichtet! Und deshalb schlüpfte Waldmann, als das Mädchen abdeckte, zur Türe hinaus und war und blieb verschwunden, ob auch der Hegemeister pfiff und pfiff. Die ganze Nacht blieb er draußen, bald auf der Schwelle lauernd, bald am Schweinestalle oder am Torfschuppen schnüffelnd, aber er fand nichts, und als die Magd in aller Frühe in den Stall ging, schlich Waldmann sich beschämt in das Haus, kroch unter den Herd und ließ sich erst wieder blicken, als es etwas zu fressen gab. Der Hegemeister war dann noch so taktlos, ihn zu fragen, ob er im Dorfe ein Stelldichein gehabt habe, eine Äußerung, die nicht geeignet war, Waldmann in bessere Stimmung zu versetzen.

Eines Tages aber wurde er glänzend gerechtfertigt. Der Knecht kam herein und sagte: »Wir haben nämlich die erste Neue, Herr Hegemeister, und ich glaube, der Waldmann, der war nämlich klüger als wir alle zusammen. Vom Schweinestall bis zum Torfschuppen spürt sich nämlich ein Iltis hin und her. Und nun weiß ich nämlich auch, warum das morgens auf dem Hofe immer so mulsterig roch, und ich glaube nämlich, wir tun dem Hunde den Gefallen und machen ordentlich Blechmusik, indem das nämlich der Iltis für den Tod nicht vertragen kann. Bei dem vorigen Hegemeister wurde das nämlich auch immer so gemacht. Der stellte sich nämlich mit der Flinte an, und wir ließen die Hunde in die Ställe und machten mit Kasserollen und Sensen Lärm, und dann sprang er, nämlich der Iltis, und entweder wurde er geschossen oder die Hunde kriegten ihn zu fassen.«

Der Hegemeister lachte und sagte: »Dann wollen wir das nämlich so machen.« Und so ging die Geschichte los. Der Knecht und die Line und sogar die Frau Hegemeisterin nahmen Topfdeckel und zogen in den Schweinestall, der Hegemeister machte scharf und stellte sich auf dem Hofe an, und Waldmann wurde in den Stall geschickt. Aber als der Lärm losging, machte er, daß er fortkam und schlüpfte in den Torfschuppen und winselte solange herum, bis der Knecht ihn hineinließ. Da stellte sich Waldmann ganz wild an, so wild, wie er wurde, wenn er eine kranke Sau verbellte, und er scharrte und kratzte an dem Torfe herum, daß der Hegemeister sagte: »Johann, schmeiß einmal die Törfe auseinander.«

Das tat Johann auch, und Line mußte derweilen weiter mit den Topfdeckeln klappern. Auf einmal schrie sie auf, ließ die Deckel fallen, hielt sich die Röcke zusammen, rannte dem Hegemeister vor den Leib, daß dem die Pfeife aus dem Munde fiel, und ehe der Knecht und er eigentlich wußten, was los sei, fuhr etwas Schwarzes zur Tür hinaus, und hinterher sauste Waldmann. Und da hörten sie auch, wie die Frau Hegemeisterin schrie: »Bravo, Waldmann, bravo! Er hat ihn, er hat ihn! Hu, faß den Stinker, so recht, so schön, Waldmann!« Als der Hegemeister und der Knecht und Line auf den Hof kamen, war der Fall schon erledigt. Waldmann stieß den Iltis, der nur noch ein ganz wenig zuckte, hin und her, schlug ihn sich noch einmal um die Behänge, trug ihn dann ins Haus und legte ihn auf seine Sauschwarte, wo er ihn von neuem beroch, bis der Hegemeister den Iltis aufnahm und dann den Hund abliebelte.

»Bravo, Waldmann!« Na, das ging Waldmann ja ganz glatt hinunter, aber er dachte doch bei sich: »Ihr hättet mir viel Ärger und Kummer ersparen können, wenn ihr eher auf den Gedanken gekommen wäret, daß ich immer recht habe, wenn ich mich aufrege. Aber euch fehlt eben die Nase, und so kann man euch schließlich nichts übelnehmen.«

DAS EICHHÖRNCHEN

Es ist noch ganz grau im hohen Holze. Und ganz still ist es. Der Nordost, der drei Tage und drei Nächte tobte, hat sich gelegt. Dem scharfen Nordwest hat weiche Südwestluft Platz gemacht. Das gefällt den Rehen, die langsamer als in den drei letzten Tagen den Dickungen am Hang zuwechseln, ab und zu im Schnee nach Obermast plätzend, und dem Kauz sagt die laue Luft ebenfalls zu; so laut, als wäre es im April, juchzt er auf, und dann streicht er lautlosen Fluges zwischen den dunklen Stämmen der Buchen einher.

In der dicken, schwarzen Kugel, die in der höchsten Zwille der langschäftigen Buche schwebt, knistert es leise. Ein halblautes Schnalzen ertönt von da. Der Fuchs, der leise den Holzweg hinaufschnürt, verhofft und lauscht empor, aber mißmutig trabt er weiter. Das ist nichts für ihn. Es hat zwar Haare und keine Federn, es hält sich zuzeiten auch auf dem Boden auf, aber wenn man denkt, man hat es, macht es einen Riesensprung und rasselt den nächsten Baum in die Höhe, wippt mit dem Schwanz und schimpft: »Kwutt-kwutt-kwutt-kwutt«, so wie das da oben.

Bei der schwarzen Kugel hoch oben in der Buchenzwille raschelt es stärker. Die Eichkatze hat ihr Nest verlassen und putzt sich. Ab und zu hebt sie den Kopf und schnuppert in den Wald hinein. Das Wetter gefällt ihr. Ein bißchen zu dunkel ist es zwar noch, aber da unten über den schwarzen Hügeln wird der Himmel schon rot. Und der Hunger ist groß. Drei Tage und drei Nächte vom eigenen

Fette zu leben, das hält nicht vor. Wer weiß, wie lange das gute Wetter anhält? Dem Februar ist nicht zu trauen. Morgen regnet es vielleicht schon wieder Schlackschnee, und dann heißt es abermals: schlafen und hungern.

Die Eichkatze rückt auf dem Aste hin und her, schnuppert an der Rinde, knabbert ein paar dünne Knospen ab und ist mit einem jähen Satze in der nächsten Krone. Dünn sind die Zweige und brüchig vom Frost, aber ehe sie dazu kommen, abzubrechen, sind sie die Last schon wieder los, federn rasselnd empor, und die Eichkatze rennt schon über einen Zweig in dem folgenden Baume, wirft sich in den vierten, schlüpft einen dünnen Ast entlang, daß er sich tief biegt und sie in den fünften Baum befördert, und dann noch ein Sprung und noch einer, und sie fällt in den Wipfel der alten Samenfichte.

Hastig geht es einen langen Ast hinunter, fast bis in die Spitze. Schwer beladen war er im Herbst mit langen Zapfen, wenige hängen noch daran. Einen nach dem anderen holte sich das Eichkätzchen und half sich mit der mageren Kost über manchen strengen Wintertag. Der ganze Boden unter der Fichte ist besät mit den rostroten Schuppen, überall ragen die Zapfenquirle aus der Schneedecke hervor, und auf den halbverschneiten Felsbrocken liegen in ganzen Haufen die Überreste der kärglichen Mahlzeiten. Und zwischen dem Geröll liegen auch allerlei Knochen, die die Eichkatze auf den Frühstücksplätzen der Holzhauer fand und hierhin schleppte, um die Fleischrestchen abzunagen und die knorpeligen

Enden, und wenn gar nichts Eßbares mehr dran saß, so nagte es doch jeden Tag aus Langeweile daran herum.

Der Rehbock, der in Wipfelhöhe der Fichte am Hang hinzieht, macht eine jähe Flucht und zieht laut schreckend ab, denn vor ihm rauscht und rasselt es ganz gefährlich. Die Eichkatze hat einen Zapfen losgebissen, hält ihn im Maule und klettert mit ihm kopfüber den Stamm hinab, ganz eilig, aber ab und an innehaltend und nach allen Seiten spähend. Dann ein Sprung, und sie sitzt auf ihrem Felsblocke, hoch aufgerichtet, zur Flucht bereit, falls etwas Verdächtiges nahen sollte. Aber es kommt nichts Arges. Da hinten ziehen die Rehe durch den rotlaubigen Buchenaufschlag, ein Hase hoppelt langsam bergan, ein Zaunkönig schrillt im Geklüft. Schnell dreht die Eichkatze den Zapfen mit den Vorderfüßen um, die gelben Nagezähne fassen die Schuppen, beißen sie durch, und hastig nehmen die Lippen ein Samenkorn nach dem anderen fort. Eben war das Ding noch ein glatter, schöner Tannenzapfen, jetzt liegt nur noch der Kern hier, und rundherum bedecken die Schuppen den grauen Stein.

Es ist ganz hell im Holze geworden. Die grauen Stämme schimmern silbern, die Schneedecke des Bodens leuchtet goldig. Zwitschernd und pfeifend lärmt ein Zug Zeisige über den Wald hin, der Häher kreischt, ein Bussard klagt. Die Eichkatze hüpft rastlos unter den Fichten umher, kratzt hier, scharrt da, schnüffelt dort, macht alle Augenblicke ein Männchen, heftig mit den langpinseligen Ohren zuckend und die Rute schnellend, dann ganz regungslos verharrend und schließlich wieder hastig über den Boden hüpfend, jetzt einen Zweig der Knospen beraubend, dann eine Buchennuß zerknabbernd und nun einen weißfaulen Ast zerfasernd, in dem die Puppen von Käfern stecken.

Dann auf einmal rennt sie wie gehetzt zu Tale, ohne auch nur einmal haltzumachen, ohne rechts und links zu äugen, und erst am Rande des Holzes hält sie ein. Da recken einige dicke Eichen ihr graues Astwerk über dichtem Buschwerk von Schlehe, Weißdorn und Wildrose. Ohne sich zu besinnen, fährt das rote Tier in das hohe gelbe Gras, springt hierhin, hüpft dahin, kratzt den Schnee fort, scharrt das Laub auf, zernagt gierig eine Eichel, verspeist eilig eine Mehlbeere, schält den Schlehenstein aus seiner Hülle und knackt ihn auf, schärft die Zähne an einer Abwurfstange vom Rehbock, wie so manches Mal schon, tut sich an drei Pflaumenkernen gütlich, die im Herbste der Jäger von dem Hochsitz warf, findet noch eine dicke Brotrinde, einen Apfelkropf mit vielen leckeren Kernen und zuletzt noch zwei Schweinsrippen mit schönen mürben Knorpelenden.

Nun, da der Magen ruhig ist, findet die Eichkatze, daß es ganz allein ein langweiliges Leben im Walde sei. Die Sonne scheint so schön warm, da gelüstet es sie nach einem kleinen Spiele kopfüber, kopfunter, stammauf, stammab. Den ganzen Winter hat sie solche Anwandlungen nicht gehabt; sie war froh gewesen, wenn ihr keiner von ihrer Sippe in den Weg kam, denn ob rot oder grau, braun oder schwarz, Weibchen oder Männchen,

Hunger hatten sie alle, und so ganz viel gibt es wintertags im Bergwalde nicht. Aber wenn der Februar auf die Neige geht, dann sehnt man sich doch nach Gesellschaft und ist froh, wenn man auf eine frische Fährte stößt, in der Sonne eine rote Lunte leuchten sieht oder auf dem Geäst das bekannte Gerassel und das liebe Schnalzen und Fauchen hört. Und so, ganz Ungeduld und Sehnsucht, hopst das Eichhörnchen an der Holzkante entlang, bäumt zur Abwechslung einmal auf, holzt eine Weile weiter, geht wieder zu Boden und fährt dort erschreckt zusammen.

Denn von der anderen Seite kommt auch etwas den Pirschsteig entlang in schnellen, hastigen Sprüngen. Und jetzt macht es auch halt. Steif sitzt es da, ein kohleschwarzes Männchen mit schneeweißer Brust. Prächtig sieht es aus; die grauen Spitzen der Haare geben dem Balge einen blauen Schein. Steif sitzen die beiden Eichkatzen sich gegenüber. Ab und an zuckt eines mit dem Schwanz. Dann schimmert es hier kupferrot in der Sonne und dort stahlblau. Jetzt macht das schwarze Männchen einen Satz, und sofort schnalzt das rote Weibchen und wendet um. Über den hellen Schnee und das rote Laub geht die Jagd, in einem Fichtenhorste verschwindet das Weibchen und fährt wieder heraus, und hinterher saust der schwarze Verfolger, folgt ihr in die Bachschlucht, rasselt über das Lufteis, flitzt über die Felsblöcke, hopst die Klippe hinab und prallt auf eine dritte Eichkatze, eine große, braunrote, deren Balg ganz grau bereift ist.

Das fuchsrote Weibchen hängt unten an dem

Stamme einer Buche und äugt regungslos hinter sich. Regungslos sitzen die beiden anderen auf ihren Keulen, die Vorderpfoten fast bis zu den Schnurrhaaren erhoben, die Ruten in schönem Schwunge fast an den Rücken gelegt. Sie sitzen und stieren sich an. Der Specht schilt, der Häher schimpft; sie rühren sich nicht. Eine Kohlmeise zetert; noch immer sitzen sie da. Da raschelt es hinter ihnen im Laube. Steil richten sich die beiden Männchen auf, das Weibchen macht einige Sprünge am Stamme empor, und dann jagen ihm die beiden Männchen nach, das schwarze und das rotbraune, und noch eins, ein fuchsrotes mit breitem, schwarzem Rückenstrich und dunklem Schwanze, das der Spur des Weibchens gefolgt ist.

Specht und Häher und Kohlmeise und Spechtmeise und Zaunkönig schimpfen mörderlich, denn das ist ihnen doch ein bißchen zu viel des Lärms. Das ist ja beinahe so schlimm wie gestern, als der Nordwest im Walde herumtolpatschte. Das rasselt und prasselt und klirrt und klappert, hier fällt ein Zweig, da plumpst ein Ast, jetzt rieseln Tannennadeln, und nun knistern Flechten hernieder, und bald hier, bald da schnalzt und faucht und quietscht es, jetzt wirbelt es durch die alte Fichte, nun saust es in der entwurzelten Buche, daß die drei Rehe ganz unruhig hin und her treten und die Dompfaffen schleunigst machen, daß sie weiterkommen, und dann fährt der Hase, der in seinem Lager unter der dichtbelaubten Jungbuche am Verdauen war, entsetzt heraus, einen Regen von Schnee um sich werfend, denn es fiel plötzlich etwas rasselnd in den Busch.

Das war die rote Eichkatze gewesen, der es nachgerade zu viel wurde mit der Anbeterei. Keinen Augenblick hatte sie Ruhe gehabt seit einer vollen Stunde. Bald war ihr das schwarze Männchen auf den Fersen, bald das braune, und wenn die beiden sich balgten, dann hatte sie es mit dem schwarzrückigen zu tun. Wurde der von dem braunen abgebissen, dann rückte ihr das schwarze auf den Leib, und so ging es in einem fort, bis es ihr zu dumm wurde und sie sich, als die drei in einem einzigen Klumpen verfilzt von der einen Seite der Fichte in den Schnee kugelten, von der anderen Seite in den Buchenbusch fallen ließ. Da sitzt sie nun, ein bißchen außer Atem, putzt sich, leckt sich und sieht den drei Männchen nach, die nach drei Richtungen im Walde verschwinden. Dann eilt sie in hastigen Sprüngen auf die Klippenwand zu.

Das ist ihre Hauptspeisekammer im Winter. Dort steht ein krummer Lindenbaum, der alle Jahre trägt. Vier alte Nußsträucher spreizen sich dort unter zwei sturmzerfetzten Samenfichten, und obgleich dort keine Eiche wächst, so sind in den Felsspalten immer Eicheln zu finden, die die Häher hierhin vertragen, und die alte Buche wirft jedes zweite Jahr reichlich Früchte in die Schlucht, die dort vor den Mäusen sicher sind, weil es dort immer nach Fuchs riecht. Auch ein Wildapfelbaum schiebt sich aus der Wand, am Ausgange der Schlucht stehen Vogelkirschen, und an Schlehen, Weißdorn und Rosen mangelt es nicht. Ist es mit der Kost im Walde einmal schlecht bestellt, hier findet sich immer etwas für den Magen, und unter der Felswand gibt es das Feinste, was der Wald zu bieten hat, dicke, würzige Trüffeln. Nicht weit davon liegt das Forsthaus, und in dem Garten wachsen Äpfel, Birnen, Pflaumen, Kirschen und Walnüsse. Ein bißchen lebensgefährlich ist es dort freilich, denn seitdem der Förster dahintergekommen ist, wer ihm seine Birnen zernagt und seine Nüsse fortschleppt, paßt er sehr auf, doch vor Tau und Tag lebt es sich da herrlich.

Das wissen alle Eichhörnchen am Berge, und darum finden sie dort immer Gesellschaft, und kaum ist das rote Weibchen dort angelangt, so ist auch schon ein braunrotes Männchen bei ihm, das ihm eifrig den Hof macht. Anfangs ziert sich das Weibchen, und es gibt eine kleine Hetzjagd durch Busch und Kraut, über Stock und Stein, aber es ist noch müde von vorhin, und da das Männchen mit seinen Liebenswürdigkeiten nicht abläßt, wird es quer über die Nase gekratzt und tüchtig in die Lippe gebissen und zieht schließlich ab. Während der warmen Mittagsstunden turnt das Weibchen dann bedächtig an der Wand herum und sucht im Laube nach Eicheln und Buchnüssen. Nachmittags aber, als die Sonne hinter Wolken verschwindet, sucht es sein nächstes Nest in der gegabelten Fichte auf, einen weichen, warmen Kobel, den es stets bezieht, wenn es der Abend hier bei den Klippen überrascht.

Die Tage kommen, die Tage gehen. Weiches Wetter tritt ein, und die Eichkatze ist den ganzen Tag in Bewegung. So manchen Käfer scharrt sie aus dem Laube und findet Raupen und Puppen unter dem Moose. Als sie dann noch die Fütterung entdeckt, wo der Förster den Rehen Eicheln schüttet, da geht es ihr besser als bisher, und ohne sich um die Rehe zu kümmern, holt sie sich Tag für Tag ihr Teil, schleppt auch manche Eichel beiseite und stopft sie unter das Moos oder verbirgt sie in Fels- und Baumritzen. Fällt kalter Regen aus den Wolken oder bläst eine rauhe Luft, dann verschläft sie einen Tag oder auch zwei, und ist das Wetter heiter, dann läßt sie sich auch wohl wieder zu lustiger Balgerei und fröhlicher Hetz mit irgendeinem netten Männchen herbei, das ihr in den Weg läuft.

Schließlich hört diese Spielerei auf. Die Männchen laufen ihm nicht mehr nach, und das Weibchen hat andere Sachen im Kopfe. In einer ganz langen, hochschäftigen Buche baut es ein großes, festes, dickwandiges Nest. Es gibt sich viele Mühe damit. Fortwährend schleppt es Moosbüschel, welkes Gras, dürre Würzelchen und trockenes Laub herbei, filzt Schicht auf Schicht mit den Vorderpfoten zusammen, dreht sich so lange darin herum, bis die Höhlung glatt und eben ist, setzt ein dichtes Dach darauf, stopft jede Ritze zu, in die der Wind hineinschnauben könnte, und läßt nur im Osten ein Schlupfloch, das aber leicht verschlossen werden kann, wenn der Wind von der Morgenseite weht.

Die Finken schlagen, die Drosseln pfeifen. Die rote Eichkatze ist jetzt nicht mehr so oft zu sehen. Ganz früh am Morgen sucht sie nach Nahrung und in der Abenddämmerung, und gierig fällt sie über alles her, was sie vorfindet. Jeder Käfer ist ihr recht, jeder Schmetterling wird mitgenommen.

Die Morchel im Laube verschwindet unter den schnellen Zähnen, und die Blütenknospen des Ahorns werden ebensowenig verschmäht wie die keimende Eiche und die treibende Buchecker. Magerer noch als der Winter ist die Frühlingszeit, und die Eichkatze hat vierfachen Hunger, denn in ihrem Neste im Buchenwipfel liegen sechs junge Eichkätzchen, und deren sechs Mäulchen müssen gestillt sein. Da heißt es denn: fressen, was zu fressen ist, damit die Kleinen satt Milch bekommen.

Je größer sie werden, um so gieriger sind sie, und mit der Kost wird es nur langsam besser. Maikäfer sind noch nicht da, und die Raupen sind noch gar zu klein. Eicheln und Bucheckern gibt es nicht mehr, und die Knospen sind alle aufgegangen. Die schlimmste Zeit im Jahre ist es für die Eichkatze, wenn die Buche ihr Blatt entfaltet. Hunger, Hunger, immer Hunger, und so dürftige Kost! Bei der Käfer- und Raupenjagd stößt sie auf ein Drosselnest. Die blauen Kugeln sehen so blank aus, wie reife Eicheln. Am Ende schmecken sie auch so. Das, was herausquillt, ist ein bißchen naß, aber schmeckt nicht schlecht, und es stillt den Hunger. Da ist schon wieder ein Nest. Eier sind nicht darin, nur nackte Vögel. Sie piepen erbärmlich, und die Alte flattert wild und schimpft und zetert, aber es ist doch besser als Baumrinde oder junge Sprossen, und die Hauptsache ist, es sättigt mehr als das sechsbeinige Grabbelzeug, das im Moose und Grase herumwimmelt.

Endlich burren die ersten Maikäfer, die Raupen nehmen zu an Länge und Dicke, und die Grashüpfer werden immer fetter. Nun läßt es sich

allmählich schon leben im Walde. Außerdem liegt
an der Waldstraße ein eingegattertes Stück Land,
in dem sind Löcher, und darin stecken Eicheln,
die zwar schon stark keimen, aber noch ganz leid-
lich sind. Wie die sechs Jungen die Milchzähne
verloren haben und auf eigene Gefahr ihre Nahrung suchen, da gibt es schon allerlei bessere Sachen. Hier und da findet sich ein leckerer Erdpilz,
die Nüsse haben kleine milchige Kerne, es wimmelt von Raupen und Heuhüpfern, und die Rog-
genähren lohnen schon eine Fahrt zu den Feldern
am Waldrande; von den tief herabhängenden
Hainbuchenzweigen aus lassen sich die Ähren
leicht pflücken und aushülsen. Das Herrlichste
aber, was der Wald in dieser Zeit zu bieten hat, das
ist der säuerliche, schäumende Saft, der aus den
alten Eichen quillt. Jeden Tag um die elfte Stunde
findet sich die Eichkatze dort ein, jagt die
Schmeißfliegen und Hornissen fort, die sich dort
laben, und leckt den gärenden Saft, bis ihr ganz
sonderbar im Kopfe wird und sie anfängt, wie unklug hin und her zu springen, zu schnalzen und
mit dem Schwanze zu schnellen, als wäre es Vor-
frühling. Alle Vorsicht und Aufmerksamkeit vergißt sie über ihren Rausch, und wenn sie sich
nicht im letzten Augenblick in das Gebüsch ge-
stürzt hätte, so wäre sie in den Fängen des Habichts geblieben, der wie ein Schatten durch das
Geäst fuhr.

An Gefahren mangelt es überhaupt im Walde
nicht. Vor dem Habicht ist die Eichkatze nie sicher. Mitten im fröhlichsten Hetzspiel griff er ihren letzten Liebhaber, das kohleschwarze Männ-

chen, und strich damit ab. Zwei von den Jungen, die noch recht unbeholfen waren, fing an zwei Abenden nacheinander der Kauz. Dreimal mußte sie sich kopfüber aus ihrem Neste zu Boden werfen, als der Edelmarder sie fassen wollte, und einmal hetzte er sie am hellen Tage über eine halbe Stunde lang von Baum zu Baum, bis sie sich aus der Pappel in den Teich fallen ließ und sich zitternd im Schilfe versteckte. Aber allmählich ist sie so gewitzt geworden, daß sie die Gefahr zu meiden weiß. Gleichwohl ging es ihr ab und zu hart am Leben vorbei. Einige hundert Schritte vom Waldrande steht ein hoher Birnbaum im Felde. Der Bauer, dem er gehört, bekommt niemals eine Birne davon, denn ehe sie reif sind, hat das Eichhörnchen eine nach der anderen durchgebissen und die Kerne verzehrt. Eines Tages erwischte sie aber der Bauer dabei und schickte seinen Jungen in den Baum, während er mit dem Hunde unten wartete. Der Junge stieg ihr bis in den obersten Wipfel nach und schüttelte diesen so lange, bis sie im Bogen in den Klee flog. Es hätte nicht viel gefehlt, so hätte der Hund sie beim Wickel gehabt, aber im letzten Augenblicke schlüpfte sie in das enge Entwässerungsrohr und von da in den Schlehbusch und aus diesem in den Weizen und kam noch einmal glücklich in den Wald zurück. Seit der Zeit unternimmt sie ihre Streifen zum Felde immer nur in der ersten Morgenfrühe; denn die halbreifen Roggen-, Hafer- und Weizenkörner entbehrt sie nicht gern, und am Waldrande finden sich auf dem Raine überall die Spreuhäufchen, die Reste ihrer Mahlzeiten.

Die liebste Zeit aber ist ihr der Herbst. Dann ist im ganzen Walde Futter für ihre Zähne da. Unter den Ahornbäumen und Hainbuchen liegen massenhaft die geflügelten Kerne, in den Eichen schimmern die Eicheln, die Haselbüsche tragen schwer, und in den Kronen der Buchen reifen die fetten Nüsse. Dann wimmelt es im Walde von Eichkatzen, die von weit und breit sich hierher zusammenziehen. Überall am Boden hüpft und schlüpft es; die fuchsroten Eichhörnchen aus dem Hügellande treffen sich hier mit den schwarzen und braunen aus den Fichtenbeständen von den höheren Lagen des Gebirges, wo es jahrein, jahraus weiter nichts gibt als Fichtensamen. Wenn sie sich dann hier im Mittelbergwalde alle ein tüchtiges Ränzlein angemästet und ihr leichtes Sommerkleid mit dem dichten, langhaarigen, graubereiften Winterpelz vertauscht haben, dann verteilen sie sich wieder, und der alte Stamm hat den Wald ganz für sich.

HASENDÄMMERUNG

Jans Mümmelmann, der alte Heidhase, lag in seinem Lager auf dem blanken Heidberg, ließ sich die Mittagssonne auf den billigen Balg scheinen und dachte nach über Leben und Tod. Sein Leben war Mühe und Angst gewesen. Aber dennoch fand er, daß sein Leben köstlich gewesen war. Auf grünen Feldern hatte sich seine Jugendzeit abgespielt; seine Jünglingsjahre hatte er im Walde verlebt; die Jahre seiner männlichen Reife verbrachte er in der Heide, nachdem ihm Feld und Wald Menschenhaß gelehrt hatten, und nur, wenn sein Herz sich nach Zärtlichkeiten sehnte, verließ er die Erde.

Da lebte er, ein einsamer Weltweiser. Die Äsung war mager, aber es stand nicht, wie beim Klee im Felde und bei der üppigen Wiese im Walde, die Angst bleichwangig und schlotterbeinig immer neben ihm; in Ruhe und Frieden konnte er da leben, sorglos im feinen Flugsande des Heidhügels die rheumatischen Glieder baden und dem Gesange der Heidelerchen lauschen.

Mümmelmann fand heute aber doch, daß er etwas Abwechslung in seine Nahrung bringen müsse. Keine Philosophie der Welt tröstet den Magen, und keine Weltweisheit befestigt die Appetitlosigkeit. Beim Dorfe gab es jetzt schon junge Roggensaat. Auch brauner Kohl war da, ferner Apfelbaumrinde, etwas ganz Feines, und der Klee war schon hoch genug, an den Gräben wuchs allerlei winterhartes Kraut; Mümmelmann lief das Wasser hinter den gelben Zähnen zusammen.

Allerdings, so ohne Gefahr ging ein Diner beim Dorfe nicht ab. Fast immer stöberten Wasser oder Lord oder Widu oder Hektor oder ein anderer dieser scheußlichen Köter im Felde herum. Der Jagdaufseher hatte im Felde überall Tellereisen und Schwanenhälse liegen, und der Jagdpächter hielt sich immer in der Nähe des Dorfes mit seinem Schießknüppel auf. Er war ein bißchen sehr dick und hatte eine trockene Leber, so daß er sich nicht gern weit vom Kruge entfernte.

Aber schließlich, was kann das schlechte Leben helfen? dachte Mümmelmann; *einen* Tod sterben wir Hasen ja doch nur, und besser ist es, im Dampfe dem guten Schützen sein Kompliment zu machen, als vor Altersschwäche den Schnäbeln der Krähen zum Opfer zu fallen. Und so machte er sorgfältig Toilette und rückte erst langsam, dann schneller gen Knubbendorf, wo er bei tiefer Dämmerung ankam.

Es war eine gemütliche Nacht. Der Schnee war weich und trocken, die Luft windstill, die Kälte nicht zu stark und der Himmel bedeckt, so daß Jans und die anderen keine Angst zu haben brauchten vor dem alten Krischan, dem Armenhäusler und Besenbinder, der mit seinem verrosteten Vorderlader bei hellen Nächten hinter dem Misthaufen auf die Hasen lauerte. Es gab ein langes Begrüßen und Erzählen, und so kam es, daß Jans völlig die Zeit verpaßte und erst lange nach dem ersten Hahnenschrei, als der Tag schon mit rotverschlafenem Gesicht über die Geest stieg, nach seiner Heide zurückhoppelte, in Begleitung eines jungen, strammen Moorhasen, Ludjen

Flinkfoot, seiner im letzten Herbst bei dem großen Kesseltreiben im Feuer gebliebenen Schwester Sohn. Den hatte er bewogen, mitzukommen, er wollte ihn erziehen und als Erben einsetzen.

Als sie aber an den Heiderand kamen, da stutzten sie und machten Männchen, denn vor ihnen zappelten im Frühwinde lauter bunte Lappen. Voller Angst liefen sie zurück und scharrten sich, nachdem sie erst viele Haken geschlagen und Widergänge gemacht hatten, in einem mächtigen Brombeerbusch bei den Fischteichen ihr Lager.

Inzwischen war im Dorfe großes Leben. Dreißig Männer waren gekommen, bis an die Zähne bewaffnet, schrecklich anzusehen in ihrem Kriegsschmuck. Sie waren in den Krug gegangen, aßen und tranken, was es gab, machten sich mit Pfeifen und Zigarren und auch sonst blauen Dunst vor, prügelten ihre Hunde, die sich bissen, kniffen allen weiblichen Wesen unter fünfzig Jahren die Arme braun und blau, erzählten sich mehr oder minder starke, neuaufgewärmte alte Witze und zogen dann los, die reine Winterluft mit dem Rauch ihrer Zigarren und die Morgenstille mit dem Geknarre ihrer Stimmen erfüllend und sich freuend über den klaren, windstillen, schönen Tag, der so recht geeignet sei für den Hasenmassenmord.

Dicht hinter dem Dorfe wurde der erste Kessel gemacht. Ein Waldhorn erklang, Schützen und Treiber setzten sich nach dem Zentrum in Bewegung, und das Kriegsgeschrei der rauhen Kehlen dröhnte durch den Wintermorgen. Da wurden überall graue Flecke im weißen Schnee sichtbar, die sich zu Pfählen verlängerten, unschlüssig hin und her hoppelten, wie besessen dahinrasten, und dann knallte es hier, blitzte es da, rauchte es dort, und ein Hase nach dem anderen rückte zusammen, wurde kürzer, immer kürzer, blieb schließlich liegen, sprang noch einmal in die Höhe und lag dann ganz still. Andere schlugen im Dampf ein Rad, daß der Schnee stäubte, wieder andere liefen wie gesund weiter und fielen plötzlich um. Und immer enger wurde der Kessel, immer zerfurchter seine Schneedecke von den Spuren der Hasen und den eingeschlagenen Schroten, und hellrote Flecke und Streifen sowie die dunklen Patronenpropfen unterbrachen seine Farblosigkeit.

Ein Leiterwagen nahm die toten Hasen auf, und es ging zum zweiten Kessel. Und als der abgetrieben war, kam der dritte an die Reihe, und dann ging es zum Jagdhause vor dem Moore, wo der Wirt mit seinen Töchtern Bohnensuppe auffüllte und Glühwein einschenkte und Grog. Da gab es ein großes Erzählen hin und her, so daß Herr Markwart, der Häher, und Frau Eitel, die Elster, entsetzt abstoben und es weit und breit herumbrachten, daß die Jäger wieder einmal da wären und schon hundertundsiebzig Hasen ermordet hätten.

Mümmelmann hörte aufmerksam zu, als Frau Eitel das Herrn Luthals, dem Würger, erzählte, und er dachte bei sich: »Wenn sie schon soviel haben, dann werden die Schinder wohl nicht mehr hierher kommen«, und er flüsterte Ludjen Flinkfoot zu: »Bleib immer hübsch still liegen, mein

Junge, mag kommen, was da kommen will; wer sich nicht zeigt, wird nicht gesehen, und wer nicht gesehen wird, den trifft kein Blei.«

Es kam aber anders: Wieder klang das Horn. »Schwerenot noch einmal«, knurrte Jans unter seinem bereiften Bart her, »noch ein Kessel? Die Sonne geht ja schon in ihr Lager. Und ich glaube, die Bande kommt auf uns zu.« Ein furchtbares Gebrüll erhob sich von allen Seiten, der Boden dröhnte, Schüsse knallten. Ludjen wollte weg, aber der Alte rief: »Bliw liggen, du Döskopp«; denn wenn er erregt wurde, sprach er Platt, was er sich sonst als unfein abgewöhnt hatte, und dann setzte er hinzu: »Man kann nicht wissen, was passiert. Ich habe so eine Ahnung, als ob ich die Sonne nicht mehr aufgehen sehen soll. Und nun höre zu: Falle ich und du bleibst gesund, so rückst du in die Heide, bis du an den Heidberg kommst, wo die großmächtigen Steine aufeinanderliegen. Da bist du das ganze Jahr sicher, da kommt niemand hin als die dämlichen Schafe und höchstens einmal Reinke Rotvoß, der alte Schleicher; der erzählt ganz gut, aber halte ihn dir drei Schritte vom Leibe. Einem Fuchs darf man erst trauen, wenn er kalt und steif ist.«

Näher kam das Getrampel, dichter folgten die Schüsse, hin und her flitzten die Hasen, kobolzten von den Dämmen auf das Eis der Teiche und blieben da liegen. Auf einmal schwoll das Gebrüll noch weiter an: »De Voß, de Voß!« riefen die Treiber und domm, domm, domm, domm krachte es. Mümmelmann hörte es in den Brombeeren knistern, etwas Rotes sauste über ihn fort, dann etwas

Schwarzweißes, und dicht vor ihm schlug sich ein großer Hund den Fuchs um den Kopf.

»Meinen Segen hat er«, dachte der alte Hase bei aller Angst; doch im nächsten Augenblicke fuhr er aus seinem Lager, denn ein zweiter Hund kam an und wollte ihn gerade fassen: »Da löppt noch een!« schrien die Treiber. Aber Jans war nicht umsonst bei seiner Mutter, der erfahrenen Gelke Mümmelmann, in die Lehre gegangen. Er schlug einen Haken über den anderen und hielt sich immer dicht vor dem Hunde, so daß kein Schütze zu schießen wagte. Auf einmal aber krachte ein Schuß, die Schrote schlugen pfeifend auf das Eis, der Hund jaulte auf, und wütende Stimmen erhoben sich.

»Junger Mann, Sie haben meinen Hund totgeschossen!« brüllte ein dicker Herr.

»Ja, was kann ich dafür«, rief der dünne Student, »ich habe ihn nicht gesehen; was hat der Hund auch im Kessel herumzubiestern?«

Und der Dicke schrie wieder: »Er sollte den Fuchs apportieren. Der Hund hat mich dreihundert Mark gekostet.«

Und der Student rief: »Dreihundert Mark? Na, der Ihnen das abgeknöpft hat, der wird schön gelacht haben. Ich habe den Hund ja arbeiten sehen; hühnerrein war er, straßenrein auch, und Hasen hetzte er famos. Und wenn er auch nicht eingetragen war, ein ausgetragenes Biest war er doch, und die Rassenmerkmale hatte er innerlich wie die Ziegen den Speck. Dreihundert Mark? Lächerlich, Sie meinen wohl Pfennige?«

So ging es weiter, und keiner achtete auf Mümmelmann. Der machte, daß er fortkam, denn er haßte Zank und Streit. Ihm tat nur Ludjen leid, um den Jungen hatte er Bange. Es dämmerte schon, als er an den Heiderand kam, und gerade dachte er, er wollte sich um die Lappen nicht kümmern, da krachte es, und wie zwanzig Peitschenhiebe auf einmal fühlte er es in Rücken und Keulen. Das war der Jagdaufseher gewesen, der die Lappen aufrollen wollte.

Jans fühlte, daß es mit ihm aus war. Aber er kam doch noch vom Fleck und tauchte in der Dämmerung unter. Ihm war sehr schwach zumute, obgleich er gar keine Schmerzen hatte; nur das Laufen wurde ihm schwer und das Atmen. Er kam noch bis zu dem alten Steingrab auf dem Heidberg, und da wühlte er sich in den weichen Sand, lag ganz still und äugte nach dem hellen Sternenbilde, das über dem fernen Walde stand und ganz wie ein riesenhafter Hase aussah.

Als der Mond über den Wald kam, da hoppelte auch Ludjen Flinkfoot heran. Er hatte, so schwer es ihm bei seiner Angst auch wurde, seines Oheims Ratschläge befolgt und war gesund davongekommen. Der gute Junge war sehr betrübt, daß er ihn todkrank fand; er rückte dicht an ihn heran und wärmte den Fiebernden.

Als es vom Dorfe Mitternacht schlug, da wurden Mümmelmanns Seher groß und starr; er sah die Zukunft vor sich: »Der Mensch ist auf die Erde gekommen«, sprach er, »um den Bären zu töten, den Luchs und den Wolf, den Fuchs und das Wiesel, den Adler und den Habicht, den Raben und die Krähe. Alle Hasen, die in der Üppigkeit der

Felder und im Wohlleben der Krautgärten die Leiber pflegen, wird er auch vernichten. Nur die Heidhasen, die stillen und genügsamen, wird er übersehen, und schließlich wird Mensch gegen Menschen sich kehren, und sie werden sich alle ermorden. Dann wird Frieden auf Erden sein. Nur die Hirsche und Rehe und die kleinen Vögel werden auf ihr leben und die Hasen, die Abkömmlinge von mir und meinem Geschlecht. Du, Ludjen, mein Schwestersohn, wirst den reinen Schlag fortpflanzen, und dein Geschlecht wird herrschen von Anfang bis Untergang. Der Hase wird Herr der Erde sein, denn sein ist die höchste Fruchtbarkeit und das reinste Herz.«

Da rief der Kauz im Walde dreimal laut: »Komm mit, komm mit, komm mit zur Ruh, zur Ruh, zur Ruhuhuhu!«, und Mümmelmann flüsterte: »Ich komme«, und seine Seher brachen.

Ludjen hielt die Totenwacht bei seinem Oheim; drei Tage und drei Nächte blieb er bei ihm. Als er aber nach der vierten Nacht zurückkam zum Hünengrab, da war der Leib seines Oheims verschwunden, und Ludjen meinte, die kleinen weißen Hasen wären gekommen und hätten ihn weggeholt zu dem Hasenparadiese, wo der große, weiße Hase auf dem unendlichen Kleeanger sitzt.

Reinke Rotvossens Vetternschaft aber wunderte sich, daß der alte dreibeinige Heidfuchs, der immer so klapperdürr war, seit einigen Tagen einen strammen Balg hatte. Er hatte seinen Freund Mümmelmann bestattet auf seine Art.

DER MÖRDER

Die halbe Heide entlang waren alle Förster und
Jäger in Aufregung; es spürte sich ein fremder
Haupthirsch. Gesehen hatte ihn noch kein Men-
schenauge. Nach der Uhlenflucht trat er zur
Äsung aus, und vor Tau und Tag zog er wieder in
die Dickung.

Der Fährte nach war es ein Hirsch von mehr als
dem zehnten Kopfe; bequem konnte ein Mann die
vier Finger der Hand hineinlegen. Es war eine
Fährte, die tief und fest in dem Sande stand; danach gab man dem Hirsche dreihundert Pfund
und darüber. Und weil sie ein ganz anderes Bild
zeigte, viel mehr Zwang aufwies als die der Stand-
hirsche, so schlossen die Förster, daß der Hirsch
von weit her zugewechselt sein mußte.

Dreihundert Büchsen die Heide auf, die Heide
ab lauerten tagtäglich auf ihn; sie lauerten vergebens. Spürte er sich drei Tage in diesem Forst,
morgen war er verschwunden, und die rätselhafte
Fährte setzte übermorgen einige Meilen weiter die
Jäger in Verwirrung. Drei Nächte nacheinander
stand der Jäger auf der Schneise in der wilden
Hudewohld und sah das Kreuzgestell auf und ab;
er bekam nur Wildbret zu Blick. Als er sich schon
zum Abgang rüstete, da war ihm so, als stände etwas Böses hinter ihm. Erschrocken wandte er den
Kopf und sah wenige Schritte hinter sich ein
furchtbares Gesicht. Er erblaßte und griff nach
seiner Büchse, aber da schnaufte es, und mit Kling
und Klang und Knick und Knack stob der Hirsch
in das Geheimnis des Bruchwaldes hinein.

Der Jäger starrt hinter der Erscheinung her. Ist das ein Hirsch gewesen oder ein Gespenst? Er hatte ein Gesicht gesehen über einem schwarzen Brunfthalse, schrecklich und böse. Quer um die Lichter war ein breiter, weißer Strich gezogen, und darüber leuchteten und funkelten in der halben Frühsonne lange, blutrote Spieße. Wie viele es waren, wieviel Enden der Hirsch trug, der Mann weiß es nicht. Das Herz ist ihm in den Hals gesprungen, Schwäche ist über seine Knie gekommen und Nebel vor seine Augen.

Die gespannte, gestochene Büchse in der Hand, tritt er in den wilden Wald. Da steht die Fährte, wie in Erz gegossen, in dem anmoorigen Boden; leicht nimmt sie vier Finger auf. Ihr zu folgen ist ein Unding; wohl zieht der Wind nach Wunsch, aber sie steht auf das Postbruch zu, wo nur Fuchs und Marder lautlos schlüpfen können, wo schon der Bock laut brechen muß, so viel Geknäck deckt den Boden, so eng verfilzt sind Weiden und Ellern, Birken und Fuhren durch Risch und Post.

Vorsichtig schleicht der Jäger das Gestell entlang und umgeht das Bruch; nirgendwo steht die unheimliche Fährte heraus; der Hirsch steckt im Bruche. Mit halbem Winde dringt der Jäger auf einem verwachsenen Altwege in die modrige, muffige, schwüle, enge Wildnis hinein, Schweiß auf der Stirn, Herzklopfen in der Kehle, Durst am Gaumen, bis er nach einstündigem Schleichen und Kriechen, nach manchem voll Zittern und Beben gemachten Sprung, nach manchem Bogen und vielen Pausen vor den großen Windbruch inmitten der Wohld tritt. Dort tritt so gern das Wild herum, dort schlägt der Hirsch, wie die geschundenen Stämme zeigen, dort setzt das Mutterwild, dort horstet der Schwarzstorch in der alten Fichte, dort sonnt sich der Giftwurm im Grase, dort paßt der Schreiadler auf die Waldmaus. Heute ist die Blöße blank und leer. Aus dem grünen Risch leuchten die roten Stämme und verlieren sich in den schwarzen Kronen, zwischen denen blaue Fetzen Himmel lieb herabsehen.

An den modernden Wurfboden einer Fichte schmiegt sich der Mann an und harrt mit halbgeschlossenen Augen. Müdigkeit reißt seinen Kopf herab, er wirft ihn wieder hoch. Seltsame Bilder tauchen vor ihm auf, die ihm seine überreizten Nerven vormalen. Die rote Spinne, die dicht vor seinen Augen hängt, erscheint ihm als ein rotes Stück Wild, das dort hinten auf der Lichtung steht, bis er lächelnd seinen Fehlblick gewahr wird. Und wieder werden seine Augen groß, denn da unten schwebt der Schwarzstorch. Aber es war nur eine Schwebfliege, die vor seiner Stirn in der Luft stand. Dann hört er Lieder aus dem Gebrumme der Fuhren, Lieder aus seiner Burschenzeit, und dazwischen einen schluchzenden Ruf von einer, die einst von ihm unter Tränen Abschied nahm. Und Wellen hört er schlagen gegen das Schiff, das ihn der Blonden entführte.

Aus dem trüben, ernsten, müden Gesichte springen die blauen Augen heraus wie blaue Seen aus nächtlichem Nebel. Vernahm seine Seele mit der Erinnerung das Klatschen der Wellen, das Stampfen des Schiffsrades? Oder waren es die Ohren, die ihm diese Laute wirklich meldeten? Aber es ist so still, nur Meisen zirpen fernweg, und Hummeln brummen nahebei. Der Tabak bringt den Nerven Festigkeit. Blau steigt der Rauch empor; träumende Augen sehen hinterdrein, besinnen sich, rufen sich selbst zur Ordnung und wandern gehorsam wieder von Stamm zu Stamm, von Busch zu Busch, langsam und stetig, ohne Hast und Unrast, halb von den Lidern bedeckt. Sind aber mit einem Rucke voll und groß da, stehen in einem Gesicht, in dem Hoffnung und Angst sich zanken, in dem der Mund sich öffnet, um mitzuhorchen.

Es war kein Traum aus der Burschenzeit, nicht die Erinnerung spülte vergessene Laute an das Ufer der Gegenwart, es klatscht und stampft hier in der grünen Wohld. Das klatscht und quatscht und schlappt und jappt, stöhnt und dröhnt, knackt und klackt, verstummt und hebt von neuem an, und endlich bricht es in der Dickung, steht wie in einem Rahmen, halbrechts, zwischen zwei roten Stämmen unter einem verschnörkelten roten Aste, von unten gedeckt durch einen dunklen Busch, der Hirsch, schwarz wie der Satan, eben der Suhle entstiegen, und äugt aus den weiß umzogenen Lichtern, über denen es blutrot in der Sonne leuchtet, den Mann an, starr wie der böse Feind eine arme Seele. Einen Schlag fühlt der Mann auf dem Herzen, denn er sieht, daß der Rauch seiner Pfeife stracks dem Hirsch entgegenzieht, aber ehe der Kolben an der Backe liegt, ist der Rahmen leer, und mit Kling und Klang und Knick und Knack ist die Erscheinung verschwunden.

Noch an demselben Abend vernimmt der Förster, der eine Weile weiter vor dem Moore die Hirsche verhört, ein hartes, trockenes, heiseres Röhren, häßlich anzuhören, und hinterher einen Trenzer, niederträchtig und gemein, und einen Schrei, hohl und häßlich. So hat hier noch nie ein Hirsch geschrien. Der Platzhirsch, der oben in der Moorwiese steht, wirft auf und zieht langsam vor seinem Rudel her dem Moorwalde zu. Der Förster hat das Glas vor Augen und späht das silberne Gatter ab, mit dem die Birken Moor und Forst trennen. Der Platzhirsch schreit zornig in den Wald hinein; weiß springt ein Atem vor ihm her. Aus dem Forst kreischt der harte, häßliche Trenzer heraus, hinter ihm her röchelt ein heißer, höhnischer Ruf, ein trockenes, boshaftes, gemeines Röhren, ganz unirdisch klingend, gespenstisch, höllisch. Der Platzhirsch zieht näher an den Moorrand. In dem Walde ist es still, bleibt es stumm. Rund und voll ruft der Zwölfender sein ehrliches Wort in das schwarze, mit Silber vergitterte Walddunkel. Es wird ihm keine Antwort. Unwillig tritt der edle Hirsch den Grund, wirft die Moorerde mit dem stolzen Geweih empor, zerfetzt damit einen Weidenbusch, schreit dem Gegner einen verächtlichen Trenzer zu und wendet sich voller Abscheu ab. Vor ihm her trollt sein Rudel.

Da fährt etwas aus dem Walde, ein schwarzes, unheimliches Ding, und ehe der Zwölfender wenden und dem Gegner die Kampfsprossen weisen kann, ist er überrannt, ist er von hinten niedergeforkelt. Über ihm steht der schwarze Mörder und stößt auf ihn los. Dumpf klingt es, als schlüge ein

Stock auf einen Mehlsack. Starr steht das Rudel, die Hälse sind lang, die Lauscher steif, die Lichter weit aufgerissen. Ein blutiger Fetzen fliegt dem Kopftier an den Hals, noch einer vor die Brust. Es schreckt und wendet. Aber im Nu ist der schwarze Hirsch mit der weißen Augenbinde und den langen Stangen vor dem Rudel und forkelt es auf einen Klumpen zusammen. Dann schreit er in das Abendrot hinein, so häßlich, so gemein, so tonlos und trocken, wie hier noch nie ein Hirsch schrie, und treibt das Rudel vor sich her in den Nebel hinein.

Starr sieht der Förster ihm nach, dann steigt er von dem Hochstand und geht zu dem geforkelten Zwölfender. Der ist im Verenden begriffen. In den weit herausgequollenen Lichtern liegt Todesangst. Armslang hängt das zerfetzte Gescheide aus den zerrissenen Dünnungen heraus. Der Förster gibt ihm den Fang und lüftet ihn. Dann schreitet er, den Kopf auf der Brust, heim. Der Oberförster wird Augen machen; am anderen Morgen sollte der Prinz den Zwölfender weidwerken.

Der Morgen kommt mit herber Luft; ein Brunftmorgen ist es, wie er nicht schöner sein kann. Aber weit und breit meldet kein Hirsch, höchstens röhrt hier und da ein Schneider. Die Platzhirsche sind verschwiegen. Der Zwölfender tat gestern abend seinen letzten Schrei; er hängt an der Wildwinde auf dem Hofe der Oberförsterei. Der kapitale Achtender, der schon zwölf Enden aufwies und auf vierzehn gezeigt hat, sitzt im Erlenbache und kühlt seine zerschundenen Seiten. Auch ihn überfiel der Mordhirsch hinterrücks.

Der Zehnender aus dem Brandmoore steht im Stangenort und rührt sich nicht. Der Mörder hat ihm eine Stange in das Gehirn gerannt und ihm die halbe Besinnung genommen.

Wäre nicht gerade der Prinz vorbeigefahren, so wäre der Hirsch auch zu Tode geforkelt worden. Dicht vor den Rotschimmeln sauste der schwarze Satan über das Gestell, daß die Gäule hochaufgingen. Der Prinz hatte das Jagen, in dem der Hirsch steckte, umfahren, aber der Mordhirsch war schneller gewesen und spürte sich schon heraus und in das unwegsame Bruch hinein. Auf dem Quergestell spürte sich eine frische Rotfährte. Sie führte zu dem kranken Zehnender. Der stand da, an eine Stange gelehnt, stöhnte und röchelte und schüttelte fortwährend das Haupt. Über dem rechten Lichte saß ein faustgroßer, rotweißer Klumpen, die blutige Gehirnmasse, die aus der Forkelstelle herausgequollen war. Ein Schrotschuß auf den Hals endete die Qualen des Gemeuchelten.

Acht Tage gingen über das Land. Zehn Meilen umher hatte alles, was den grünen Rock trug, einen roten Kopf. Alle Jagdneid, jeder Grenzhaß war vergessen. Der Förster sagte es dem Bauernjäger, der städtische Jagdpächter dem Förster an, wenn sich der Schadhirsch spürte. Dreimal hatte man ihn schon hinter den Lappen gehabt, aber nie war er vor die Schützen gekommen, denn er hielt die Lappen nicht; bevor es hell wurde, überfloh er sie. Bald hier, bald da erscholl sein heiseres, häßliches Schreien, aber stets im unwegsamen Bruch oder in der verwachsenen Dickung, und erst, wenn die Nacht Himmel und Erde verschränkte,

trat er aus und kämpfte auf den Wiesen die Platzhirsche ab. Am hellen Mittag saßen die Jäger
schon auf den Kanzeln, saßen bis in die Nacht hinein, froren in ihren Pelzen, wenn der Frühwind
über das Bruch blies, sahen wohl schwarze Klumpen, die jäh hin und her fuhren und im Nebel
verschwanden, hörten den Mörder trenzen und
röhren, aber wenn der Tag kam und die Büsche
und Bäume aus dem Nebel zog, dann stand der
Unglückshirsch längst in der sicheren Dickung
oder saß in der Suhle im wilden Bruche.

Keine fünfzig Schritte vor dem Hochstande,
auf dem der Forstmeister die Nacht verbrachte,
forkelte er einen angehenden Zehnender zuschanden. Der Forstmeister hörte jeden Laut, konnte
den Kampf genau verfolgen, hatte währenddem
die gestochene Büchse unausgesetzt an der Backe,
bereit, trotz des fehlenden Lichtes den Schuß zu
wagen. Er hörte das Brechen der Büsche, das wilde Rauschen im Risch, das Aneinanderprasseln
der Geweihe, das Schnauben und Stöhnen der beiden Kämpen, und er hörte auch, wie plötzlich hageldicht die Stöße fielen, dumpf dröhnend wie
Stockschläge auf einen Mehlsack. Dann brach es
laut in der Dickung, dann rief der Schadhirsch
seinen trockenen, gemeinen, höhnischen Jubelruf
dem Forstmeister zu, und dann stand die Stille wie
eine Mauer rund um die Wiese.

Als die Sonne sich durch den Nebel quält, ist
die Wiese kahl wie eine Mädchenhand; eine einzige alte Ricke äst sich an dem Moorbache entlang.
Unausgesetzt lärmen in der Dickung die Häher.
Mit steifen, kalten Gliedern steigt der Weißbart

von der Kanzel. Seine Stirn kraust sich, wie er auf der zertretenen, zerwühlten, zerrissenen Wiesennarbe Schweiß findet, dunkelbraunen, trüben Schweiß, Leberschweiß. Die kranke Fährte führt gerade dahin, wo die Häher zetern und keifen. In der Lichtung der alten Dickung liegt der Zehnender auf der Seite, die Läufe weit von sich gestreckt. Der Lecker hängt aus dem Geäse, die Lichter sind gebrochen. Er ist schon seit Stunden verendet. Ein Stoß in die Leber brachte ihn um.

Der Forstmeister sendet reitende Boten ab, und sein Sekretär steht den halben Morgen am Fernsprecher. Der Schadhirsch muß sterben. Da alles Passen und Weidwerken nichts nützte und das Einlappen auch nicht half, soll der Hirsch bestätigt und vor dem Hunde geschossen werden. Abends kommen die Schützen an. Dreißig Mann sind es, Förster, Jagdpächter, Bauern, alles sichere Leute. Sie verteilen sich im Dorfe, denn der Krugwirt kann sie nicht alle beherbergen. Am anderen Morgen meldet der Fernruf, daß der Hirsch in der hellen Weide fest sei, einem vermoorten, verwachsenen Birkenwalde. Zu Rad und zu Wagen fahren die Schützen zu dem Belauf, in dem die helle Weide liegt. Wie die Katzen, so leise, schleichen sie sich an ihre Stände, und ebenso lautlos treten die Treiber an. Der Hegemeister legt seinen uralten, lahmen Söllmann zur Fährte: der einzige Schweißhund weit und breit ist er, der eine gesunde Fährte arbeitet. Das unterschiedlichste Wild läuft die Schützen an, ein jagdbarer Hirsch, Wildbret, zwei Sauen, ein guter Bock, der Fuchs; kein Schuß fällt, denn nur auf den Schadhirsch, den Meuchelmörder, darf der Finger krumm gemacht werden. Eine Stunde vergeht, da taucht der rote Hund und hinter ihm das rote Gesicht des Hegemeisters bei den Schützen auf. Der Hirsch ist nicht vorgekommen. Ein Förster spürt auf dem Rade die Gestelle rund um den Jagen ab; der Hirsch steckt noch im Treiben.

Das Jagen wird noch einmal getrieben. Der Hirsch zieht in voller Deckung am Rande des Treibens entlang. Der Forstmeister läßt das Jagen noch einmal treiben und geht mit zehn Schützen mit der Treiberwehr. Das hilft; endlich knallt es. Aber das Horn meldet nicht: »Hirsch tot!« Er ist vorbeigeschossen. Wie eine Katze, so leise, war er bis dicht vor einen Schützen gezogen und hatte mit jäher Flucht die Brandrute überfallen. Zwei hastige Kugeln pfiffen taub hinterher. Alle Mühen waren vergebens gewesen. Der Hirsch spürte sich bis in das Stiftsmoor, und dort verlor sich die Fährte. Aber das Treiben hatte er wohl übelgenommen. Sein trockener Schrei ward nicht mehr vernommen in dieser Gegend. Drei Jahre lang erzählten sich die Jäger die Schauermär von dem Schadhirsch, der in einer einzigen Brunftzeit sieben gute Hirsche zuschanden geforkelt hatte. Wie der Dieb in der Nacht war er gekommen und gegangen, wohin, das wußte keiner. In den Zeitungen wurde Nachfrage nach ihm gehalten, aber es wurde nicht bekannt, wo er geblieben war.

Ein Mann wußte um das Geheimnis des Mordhirsches. Das war der rote Hein, der Waldbummler und Tagedieb, der in der Kreisstadt am Tage Beeren und Pilze verkaufte und des Abends Rikken und Hasen, die er in den Wäldern gestrickt hatte. Er war am Tage nach der Treibjagd durch das Rauhe Horn geschlichen, um Schwämme zu suchen und nebenher nachzusehen, ob sich nichts in den Schlingen gefangen hatte, die tags vorher seine beiden Jungens auf die Rehwechsel gestellt hatten. Als er so durch den verwachsenen Moorwald strich, sein Fuchsgesicht gewohnheitsmäßig zu einer recht dummen Grimasse verziehend, ab und zu einen Pilz losschneidend und über die Schulter in den Tragkorb fallen lassend, da war er plötzlich ganz in sich zusammengefallen und hatte sich geduckt wie ein Fuchs, der die Maus anspringen will. Das rote Haar auf seiner sommersprossigen Stirne zuckte hin und her, und seine abstehenden Ohren bewegten sich langsam, denn da vorn ging etwas Seltsames vor sich. Es stöhnte und ankte dort, als läge ein Mensch im Sterben. Die Kreuzotter kriecht nicht so leise, wie Hein Thomann kroch. Den Tragkorb hakte er ab, setzte die alte Mütze auf und zog sie tief in die Stirne, ließ die Schuhe bei dem Korbe stehen, und dann glitt er, den kurzen Totschläger in der Faust haltend, schnell, aber lautlos näher, jeden Zweig vermeidend, der sein verschossenes Zeug streifen konnte. Vorsichtig bog er den Weidenbusch zur Seite, hinter dem her das halblaute Stöhnen erklang, und hob den Stock mit dem Bleiknopfe zum Schlage. Aber dann fuhr er zurück, und sein fahles Gesicht wurde weiß, denn was er sah, das war gräßlich.

Hinter dem breiten, tiefen, steilwandigen Entwässerungsgraben hing, zwischen den beiden Stämmen einer Zwillingskiefer eingeklemmt, ein

starker Hirsch mit weißumbänderten, weit hervor-
gequollenen Lichtern und heraushängendem
Lecker. Die ganze Nacht mußte er schon so gehan-
gen haben, denn von den Hinterläufen war der
braune Boden zerkratzt und zertreten. Schlaff
hing der Hals zu Boden, und das Geweih berührte
mit den langen, dicken, spitzen, endenlosen Stangen fast die Erde; schrecklich aufgetrieben war
der Leib des Hirsches. Ein ohnmächtiges Zittern
erschütterte ab und zu seine Decke, matt spielten
die Lauscher, krampfhaft zuckte ab und an ein
Lauf, und unaufhörlich kam aus dem weißschau-
migen Windfange ein hohles, trockenes, hoff-
nungsloses Stöhnen.

Ein Schauder überlief den Schlingensteller Er
nahm die schmutzige Kappe ab und fuhr mit der
goldhaarigen Hand über die nasse Stirn. Er hatte
nie Mitleid empfunden, fand er ein Reh in der
Drahtschlinge zappelnd, das brachte das Hand-
werk mit sich. Aber dieses hier? Eine ganze Nacht
sterben? Ganz langsam, bei lebendigem Leibe?
Der Mann schüttelte sich. Er zog die Schnapsfla-
sche hervor, tat einen kleinen Schluck, sah scheu
hin und her und schlich näher. Ein dumpfer
Schlag, das Stöhnen brach; ein Blitz aus der Hand,
und in gebogenem Strahl plätscherte der rote
Schweiß aus der Schlagader des Hirsches. Hein
Thomann verstand sein Geschäft; nach drei Stunden war der Hirsch zerwirkt. Die Knochen und
das Gescheide verschwanden im weichen Moorbo-
den; bis auf einige schöne Stücke hing das ganze
Wildbret an Weidenruten in der Krone einer dichten Fichte, mit Papierfetzen gegen Marder und

Krähe verblendet, und in einer anderen Fichte hing der Schädel des Mordhirsches mit dem blutroten Geweih. Drei Nächte lang schleppte Thomann mit seinem hageren, schwarzhaarigen Weibe und seinen drei hungrigen Taugenichtsen von Jungens Kiepe auf Kiepe nach der Kreisstadt. Thomann ging zum Biere und hielt seine Freunde frei, seine Alte hatte ein anständiges Kleid an und seine Jungens neue Stiefel.

In einer schlechten Wirtschaft in der großen Stadt, wo bemalte Weiber an weißen Marmortischen auf Raub lauern, hängt an einem Pfeiler das hohe, weitausgelegte Geweih des Vierenders, des Meuchlers, des Schadhirsches, der sich selbst richtete und den langsamen, schrecklichen Tod starb, den Tod des Mörders.

EIN HAUPTSCHWEIN

Im Helmetale war der Teufel los. Die Frühkartoffeln waren ausgewühlt, die Erbsenfelder zertrampelt, die Saatkämpe umgebrochen, die Haferfelder mit Wechseln durchzogen.

Von irgendwoher war ein Hauptschwein zugewechselt; überall spürte es sich. Im Helmetale gab es keine Sauen; also war es kein Wunder, daß die Aufregung groß war. Alles, was auf die Jagd ging, saß auf den Keiler an, aber alle Mühe war vergebens.

So dumm war der Basse nicht, daß er immer in derselben Ecke blieb. Er kannte die Welt; er hatte seine Erfahrungen hinter sich, sogar mehr, als ihm lieb war. Ein Dutzend Jahre war er alt, hatte manche Kugel pfeifen, Schrote genug klappern hören und auch sonst allerlei durchgemacht.

Keine drei Wochen war er alt gewesen, da hatte ihn die Fuchsbetze beim Wickel gehabt, und hätte er nicht so hellaut geklagt und wäre die Bache nicht ganz in der Nähe gewesen, so wäre es damals aus gewesen mit ihm; aber seine Mutter rannte die Füchsin über den Haufen und richtete sie so zu, daß sie mit knapper Not ihr Leben barg.

An dem Tage, da er seinen letzten Milchzahn verlor und zum ersten Male nach Würmern und Wurzeln brach und vor Eifer zu weit hinter seiner Mutter zurückblieb, hatten ihn zwei Hunde halbtot gehetzt, und er wäre verloren gewesen, wenn die Bache nicht noch im letzten Augenblicke herbeigepoltert und die Köter beiseite gebracht hätte.

In seinem ersten Winter war er dreimal eingekreist gewesen, hatte mehr als eine Kugel pfeifen gehört, und das eine Mal hatten ihm die Paläster ganz gehörig die linke Keule gekämmt.

Hinterher hatte er noch mehr erlebt. Daß er den rechten Hinterlauf schonte, kam daher, weil ihn dort eine Kugel gefaßt hatte; viel hätte nicht gefehlt, so wäre es damals mit ihm zu Ende gewesen, denn drei Hunde hatten ihn gestellt. Er stritt sie aber tapfer ab, schlug den einen zuschanden und rettete seine Schwarte.

Die sah bunt genug aus; das rechte Schild war mit Röllern gespickt, die ein Bauer ihm da hineingepfeffert hatte, als er ihm die Erdäpfel umpflügte. Die linke war halb kahl, denn die hatte ihm ein Streifschuß zerfetzt. Die langen Federn auf dem Rücken zeigten eine breite Lücke, denn dort hatte ihn eine Kugel gefaßt; das hatte scheußlich weh getan, und er war erst wieder zur Besinnung gekommen, als ein Hund ihn hinten und einer vorne zerrte; beide blieben mit aufgeschlagenen Rippen am Platze.

Auch sein wehrhaft Gewaff hatte Schaden genommen; ein Schuß in das Gebräch hatte den rechten Haderer der Schneide beraubt und einen Stumpf daraus gemacht. Und der Pürzel, sogar der hatte daran glauben müssen; er hatte einen Knick in der Mitte von einem Postenschusse.

Der eine Seher war blind; ein Hagelkorn hatte ihn durchschlagen, und beide Gehöre waren aufgeschlitzt von Hundezähnen. Außerdem wies die Schwarte überall Schmisse auf, die er sich bei den Kämpfen in der Rauschzeit geholt hatte. Kurzum:

er hatte allerlei erlebt, kannte die Welt und benahm sich dementsprechend.

Darum ließ er es erst Nacht werden, ehe er die Dickung verließ, und er trat da aus, wo er den Wind gegen sich hatte, und auch dann erst, als er eine Viertelstunde gesichert hatte. Dann aber legte er sich auch keinen Zwang auf und vergnügte sich damit, die morschen Fichtenstümpfe auf dem verwachsenen Kahlschlage kurz und klein zu brechen, denn sie saßen voll von Käfern, Puppen, Larven und Schnecken.

Darauf jagte er eine Fasanenhenne von ihrem Gefolge, fraß die Eier sämtlich auf, ließ eine Menge Mäusebrut und einen Junghasen hinterdrein wandern, vergaß auch nicht, das Haferstück um und um zu pflügen, denn es saß voll von Engerlingen, nahm mit, was er an Fröschen, Blindschleichen und Vogelbrut antraf, scheuerte sich lange und ausgiebig an einer harzigen Fichte, machte aus einem Kartoffelfelde einen Sturzacker, verhunzte einen Saatkamp gänzlich und schlief um die Zeit, als der Bauer und der Förster an der Stätte seiner Untaten standen und den Zorn Gottes auf ihn herabwünschten, eine halbe Meile weiter in einem verwachsenen Erdfalle, der im tiefsten Forste lag.

Selbstverständlich wurde die Fichtendickung, in der er sich den Tag vorher versteckt hatte, getrieben, weil seine Fährte hinein- und herausstand, aber natürlich bekam man ihn nicht, weil er eben nicht mehr da war.

So trieb er es den ganzen Sommer über; bald war er hier, bald war er dort, aber nie da, wo man ihn suchte. Heulen und Wehklagen gab es, wo er erschien; hier waren die Frühkartoffeln ausgewühlt, dort die Mohrrüben vernichtet, da die jungen Erbsen zuschanden getrampelt, und im Getreide waren Gänge über Gänge. Aber man sah immer nur, daß er dagewesen war; wo er war, das wußte man nicht.

Einige Leute behaupteten, es wäre gar kein wildes Schwein, sondern eine Art von bösem Geist oder Gespenst, denn sonst müßte man seiner doch ansichtig werden, denn alle Jäger weit und breit dachten an nichts anderes als an den Keiler und saßen die ganzen Nächte auf ihn an.

Zu Blick bekommen hatte ihn aber nur einer, und der behielt das für sich; denn als er in seinem Loche vor dem Felde saß, hatte der Basse, wie aus der Erde gewachsen, plötzlich dicht vor ihm gestanden und so schrecklich ausgesehen, daß dem Manne das Herz bis in den Flintenlauf hineinschlug und er den Keiler gründlich vorbeischoß und dann lief, was er nur laufen konnte, und dachte gar nicht daran, daß er Rucksack und Jagdglas liegengelassen hatte. Als er am andern Morgen die Sachen holen wollte, waren sie verschwunden.

Endlich hieß es: »Wir haben ihn fest!« Ein Mann, der vor Tau und Tag zum Arzt wollte, hatte gesehen, daß der Keiler eine mächtige Weidenpflanzung, die im Felde lag, annahm. Nun wurde alles zusammengeholt, was den Finger krumm machen konnte; man umstellte die Weiden und schickte die Hunde hinein. Die gaben Standlaut, aber als sich endlich drei Mann zu ihnen getrauten, hatten sie einen Zaunigel vor.

Das gab nun ein großes Hallo, und als sie alle auf einem Haufen standen und lachten und schimpften, da plauschte es in den Weiden, schnaufte es, brach es, und weg war er, der Keiler, und in den großen Weizenschlag gewechselt. Als man den aber abspürte, stellte es sich heraus, daß er in den Roggen hinein war, und da spürte man das Roggenfeld ab und fand, daß er schon in den Viehbohnen war, und da war er auch schon wieder heraus und in das Holz hinein.

Man hielt Kriegsrat ab, beschloß, das Holz zu treiben, machte drei Triebe, aber wer sich nicht blicken ließ, das war der Basse, denn der steckte schon längst in dem großen Haferschlage.

Der Sommer ging, der Herbst kam; der Keiler war noch immer im Helmetale, aber das Helmetale war lang und breit. Da es mit Gewalt nicht ging, versuchte man es mit List, körnte ihn an, streute ihm Mais, Hafer, Rüben, Wurzeln. Er nahm sie manchmal auch an, aber nur dann nicht, wenn irgendwo ein Jäger auf ihn ansaß, oder wenn schon, dann erst, wenn Himmel und Erde eins waren und man das Ende vom Gewehre nicht mehr sehen konnte.

Kinder, die Beeren pflückten, und Frauen, die Dürrholz lasen, lief er am hellichten Tage an, nur keinen Mann, der einen grünen Rock anhatte, bis auf den alten Forstmeister, der ihm am blanken Mittage aus der Suhle steigen sah und sich beinahe seinen ehrwürdigen alten Bart ausriß, denn als er die Büchsflinte von der Schulter und den Hahn übergezogen hatte, da hatte ihn die Sau auch schon spitz und ging flüchtig ab, und die Kugel traf sie ebensowenig wie die unchristliche Redensart, die der Weißbart ihr nachrief.

Schließlich kam er einem ganz jungen Förster, aber der führte Weichblei, und der Einzelgänger stand halbspitz vorne; er bekam die Kugel zwar gut Blatt, aber bei so einem alten Panzerschweine, dessen Schild hart und dick wie die Haut des Nilpferdes ist und eine fingerdicke Harzkruste trägt, ist gut Blatt von vorne der schlechteste Schuß und schlecht Blatt von hinten die einzig wahre Stelle, und so schnaufte die Sau bloß, machte kurz kehrt, und der Förster stand da und benahm sich wenig geziemend.

Am übelsten aber ging es einem Gutsverwalter. Dem hatte der Eingänger ein Kartoffelstück, das in einer Waldecke lag, so zugerichtet, daß der Spaß dabei aufhörte. Nun war dieser Gutsverwalter ein ganz gerissener Mann. Er ließ den Knecht anspannen und eine Leiter aufladen. Dann mußte der Knecht unter eine Eiche fahren, die vor den Kartoffeln stand, und vom Wagen aus, damit keine Fährten den Bassen vergrämten, wurde die Leiter in den Baum gestellt und darüber ein Hochsitz gemacht, und den nahm der Verwalter ein, und der Knecht fuhr weiter.

Das war um fünf Uhr nachmittags. Um zehn Uhr abends meinte der Verwalter, daß es allmählich Zeit für den Keiler wäre. Der wartete aber, bis der Mond hinter den Wolken war, und dann machte er sich in aller Seelenruhe über die Kartoffeln her, schmatzte, daß es eine Freude war, zu hören, wie es ihm schmeckte; aber als der Mond wieder die Wolken beiseite schob, hielt der Keiler es doch für besser, sich zu empfehlen. Zuvor aber schubbelte er sich noch so lange an der Eiche, auf der der Verwalter saß und sich bald den Hals abdrehte, bis daß er glücklich die Leiter umwarf und erschrocken abtrollte.

Der Verwalter aber mußte die ganze Nacht im Baume sitzen und war, als morgens der Knecht kam, um zu sehen, ob er noch lebte, vor Kälte so steif wie eine überjährige Mettwurst, so daß er kaum die Leiter hinuntersteigen konnte. Der Keiler aber kam nicht wieder; die Geschichte mit der Leiter hatte er übelgenommen.

Der Herbst ging, und der Winter kam; der Keiler war noch immer da, aber er schätzte die Abwechslung zu sehr, und so kam er nicht zu Schusse. War er gestern im Buchenaltholze gewesen und hatte sich an den süßen Bucheckern gütlich getan, heute war er ganz gewiß nicht da, sondern eine halbe Meile weiter, wenn nicht eine ganze; denn die Nächte sind lang.

Unverschämt, wie er war, kam es ihm gar nicht darauf an, eingemietete Kartoffeln oder Rüben auszuwühlen oder in den Pflanzgärten Unfug anzustiften, und einmal, als er spät abends quer über die Landstraße schoß, warf er den Briefträger um, der ohne Licht dahergeradelt kam; an dem Rade waren drei Speichen und an dem Briefträger drei Rippen aus der Reihe gekommen.

Das schlimmste war, keiner wollte glauben, daß der böse Keiler das gemacht hätte, sondern alle sagten, es würde wohl das gute Bier gewesen sein. Aber es war wirklich der Keiler gewesen, und ihm hatte der Vorfall ebensowenig gepaßt wie dem

Briefträger und der Postbehörde, die, bis der Briefträger wieder aus dem Bette war, was drei Wochen dauerte, Vertretung stellen mußte.

Schließlich hieß es: »Wenn wir nur erst Spürschnee haben!« Der ließ aber bis Weihnachten auf sich warten, und dann war es wieder verkehrt; denn nun schneite es in einem Ende und schneite die Fährten, die der Keiler machte, alle wieder zu, und dann gab es Tauwetter und Plattfrost, und es war nichts zu wollen.

So war es Ende Januar, bis daß der Basse bestätigt wurde. Boten liefen und ritten, Fernsprecher klingelten, Butterbrote wurden gestrichen, Schnapsflaschen gefüllt, und um zehn Uhr hielten acht Wagen bei der Oberförsterei.

Der Forstmeister hielt in Anbetracht der Schwere des Falles eine Rede, teilte mit, daß ein Fehlschuß mit einem Taler zugunsten der Hinterbliebenen im Dienste erschossener Forstleute bestraft werde, empfahl Vorsicht, denn angeschweißte Sauen wären von großer Rücksichtslosigkeit und kümmerten sich den Teufel weder um das Strafgesetzbuch noch um die Haftpflicht, wären außerdem nervös und hätten am liebsten ihre Ruhe, weswegen man sich völlig lautlos, womöglich noch leiser, zu seinem Stande zu verfügen habe, auch sei Niesen und Husten bis zum Abblasen zu verschieben.

Es war ein bildschöner Tag. Der Himmel war hoch, und die Luft war still, die Fichten hatten Schneemützen auf und die Jungbuchen weiße Hemden an, die Krähen stachen sich in der Luft, und die Meisen piepten in den Zweigen. Es dauerte eine Stunde, bis daß die Schützen angestellt waren, und mancher von ihnen fand, daß eine Saujagd auf die Dauer ein fußkaltes Vergnügen wäre. Aber dann wurde angeblasen, und warm lief es ihnen zwischen Hemd und Haut über den Rükken.

Erst kam eine halbe Stunde gar nichts, dann dem einen ein Fuchs und dem anderen ein Hase, aber darauf zu schießen war bei Todesstrafe, ja sogar bei zehn Mark Geldstrafe verboten, und dann kam eine ganze Weile wieder nichts, und dann ein Treiber und noch einer.

Schon seufzten die gesitteten Jäger, und die ungesitteten murrten dumpf, da gab ein Hund Laut; und noch einer und der dritte, und es war ein Lärm wie auf einer internationalen Hundeausstellung, und dann pfiff ein Hund in den höchsten Tönen; die andern aber gaben Standlaut.

Und dann fiel ein Schuß, und dann schrie jemand: »Hilfe, Hiilfee!« Und die einen sahen sich nach anständigen Bäumen um und fanden es rücksichtslos, daß ringsumher nur junge Bestände waren, die höchstens eine Eichkatze, aber keinen ausgewachsenen Mann tragen konnten, andere aber rannten, so schnell sie ihre langen Stiefel tragen wollten, dahin, wo der Lärm war, und da sahen sie ein Bild, schrecklich schön und doch zum Lachen.

Da war nämlich ein Heringssalat von einem Keiler, sechs Hunden und vier menschlichen Gliedmaßen, von denen zwei in langen Stiefeln steckten und ganz erbärmlich zuckten, während ihr Besitzer andauernd um Hilfe schrie und mit

Büchsenkolben bald den Keiler, bald die Hunde abwehrte.

Es war ein solches Gekrabbel und Durcheinander, daß keiner wußte, was ist nun Schütze, was Sau, was Hund, und so mochte niemand dem Keiler den Fangschuß geben, noch ihm mit der kalten Waffe auf die Schwarte rücken.

Da sprang der jüngste Schütze, ein dünner Forstlehrling, mit einem Milchgesicht und noch ganz glatt unter der Nase, mit drei Sprüngen hinzu, setzte sich rittlings auf den Keiler, faßte ihn am Gehöre, zog vom Leder, und ehe die ausgewachsenen Männer noch recht wußten, wie es zugegangen war, stand er neben dem Keiler, streckte die rottriefende Wehr in die Scheide, trat die Hunde ab und riß den verunglückten Schützen unter der Sau fort.

Nun schrie alles »Bravo!«, und dann sah man sich den Mann an, der fünf Minuten lang unter der Sau gelegen hatte. Er sah böse aus, denn die Hunde hatten ihm in ihrer Wut die Hosen in ganz erheblichem Maßstabe geflickt und ihm andauernd im Gesicht herumgestanden. Das war aber auch alles; die Knochen hatte er noch alle zusammen und einen Fleischschmiß auch nicht abbekommen.

Man gab ihm einen Schnaps, und nun sollte er erzählen. Ja, was war da zu erzählen? Er hatte gehört, wie dicht vor ihm die Hunde den Keiler verbellten, hatte sich herangepirscht und geschossen. Von da ab erinnerte er sich der Reihenfolge der Tatsachen nicht mehr ganz genau. Er wußte nur, daß er auf einmal unter dem Keiler und zwischen einer unglaublichen Masse von Hundebeinen lag, daß ihm bald der Schnee, bald der Geifer der Sau in Mund und Augen floß, und dann wäre es ihm heiß und naß über das Gesicht gelaufen, und dann hätte er gar nichts mehr sehen können.

Er möchte bloß wissen, wo seine goldene Uhr und seine silberne Zigarettendose seien, und ob drei Büchsenmacher wohl wieder seine funkelnagelneue Doppelbüchse, Wert vierhundert Mark, halbwegs gesund bekämen. Aber schließlich: die Hauptsache sei doch, daß er Jagdkönig sei. Es sei die erste Sau, die er geschossen habe. Daraufhin trank er noch einen Schnaps.

Der Keiler wurde auf die Brandrute gezogen, und dann suchte man den Anschuß. Es war keiner da. Rundumher Hohngelächter der Hölle; das Gesicht des glücklichen Schützen wurde noch einmal so lang, das des Forstlehrlings nahm eine vollmondartige Form an. Man drehte die Sau um und um, besah sie von vorn und hinten, es war und war kein Anschuß zu finden. Der Schütze mußte zeigen, wo er gestanden und wohin er geschossen hatte, und da fand man den Anschuß; eine Jungfichte war mitten durchgeschossen. Neues Hohngelächter! Drei Mark für den Verein Waldheil fällig wegen Fehlschusses! Drittes Hohngelächter!

»Malöhr über Malöhr!« sprach der Forstmeister, brach einen Bruch, zog ihn durch den roten Schweiß und reichte ihn auf seinem Hute dem Forstlehrling. »Sau tot!« blies das Horn. Heim ging es. Fast alle ließen die Köpfe etwas hängen. Und leise sprach der Forstmeister: »Pech ist Pech! Das größte Pech hat der Bengel da! Fängt ein gesundes Hauptschwein mit der kalten Waffe ab. Wenn der nicht Größenwahn kriegt, weiß ich es nicht!«

Am anderen Tage kam der Trichinenbeschauer, machte seine Proben und sprach mit strahlendem Gesichte: »Trichinen hat er ooch!«

»Auch das noch!« sprach der Forstmeister und trank einen Schnaps.

DER ALTE VOM BERGE

Hell scheint die Sonne gegen den weißen Berg. Die Buchenjugenden brennen, der Stangenort lodert, der Fichtenhorst steht in Flammenschein.

Meisen zwitschern, Goldfinken flöten, Häher schwatzen. Das Geschwätz bricht ab, setzt als Gezeter wieder ein, flaut ab, schwillt an und endet mit einem schneidenden Gekreische.

In der steilsten Stelle der grauen Wand, auf dem schimmernden Schneefleck, leuchtet ein roter Fleck auf. Schimpfend und lästernd fallen die bunten Vögel in der krummen Linde über der Felsplatte ein, stellen sich entsetzlich giftig an und stieben ärgerlich keifend ab.

Einen schiefen Blick schickt ihnen der Fuchs nach; dann reckt er sich, gähnt herzhaft, reckt sich abermals, fährt zusammen und beginnt, sich heftig mit dem Hinterlaufe hinter dem Gehör zu kratzen, wohlig dabei knurrend, fährt dann mit dem Fange nach der Keule, flöht sich auch dort ausgiebig, kratzt sich stöhnend und murrend den Nakken und sitzt dann würdevoll da, ab und zu den Kopf wendend.

Vom Vorholze tief unter ihm fallen hastige Axtschläge herauf; es stört ihn nicht. Das eilige Kreischen der Säge ertönt; ihn kümmert es nicht. Ein knirschender Laut wird hörbar, dem ein Prasseln folgt, das in einem dröhnenden Poltern endigt; ihm ist es gleich. Der Berg zittert leise, dann stärker, ein wildes Gebrüll donnert durch die Luft; auch das läßt ihn kalt. Die Arbeit der Holzfäller ist er seit sieben Jahren gewöhnt und die Sprengschüsse der Steinbrucharbeiter erst recht.

Auch das Piepsen der Goldhähnchen, das Zetern des Zaunkönigs und das Trillern der Schwarzmeisen bringt ihn nicht aus seiner Ruhe; vor sechs Jahren reizte es ihn, einen Versuch zu wagen; jetzt weiß er, daß das keinen Zweck hat. Er gähnt, reckt sich, kratzt sich abermals, rekelt sich in der Sonne und hockt dann wieder unbeweglich da.

Eine ganze Weile sitzt er so, bis die Flöhe unter der warmen Decke gar zu frech in seinem graubereiften Balge werden und er sie wieder mit Klaue und Zahn zur Ruhe bringen muß. Aber mitten in dieser Beschäftigung hält er ein; seine bernsteingelben Seher erweitern sich, seine schwarzen Gehöre stellen sich aufrecht.

Da, halbrechts unten, sind sie wieder, die beiden Töne, die er vernahm. Und noch einmal das Brechen, und noch einmal das Husten. Der Fuchs steckt wieder die sorglose Miene auf. Es ist nichts, wenigstens nichts Schlimmes. Ein Mensch zwar, aber ein guter Bekannter, der alte Oberholzhauer, in dessen tranduftender Fährte sich immer etwas Gutes findet, ein Endchen Wursthaut, ein Stückchen Butterbrotrinde, ein Bücklingskopf.

Ach ja, Wursthaut und Bücklingskopf! Der Fuchs zieht Geschmacksfäden, die silbern in der Sonne blitzen, und in seinem Wanst rumpelt und pumpelt es. Vorgestern Plattfrost und steifer Nordost, gestern Schlackschnee, das waren zwei magere Tage. Eine verluderte Krähe, ein scheußlich salziger Heringsschwanz, ein steinharter Knochen mit nichts daran und zwölf Nachtschmetterlinge, die hinter der losen Rinde eines Baumstumpfes überwinterten, das war alles.

Aber heute wird es mehr geben. Den ganzen Morgen hat es geschneit, und es wird noch mehr schneien, denn die Luft ist still und weich. Aber brach da unten nicht etwas? Natürlich! Ein Hase ist es, den der alte Mann aus dem Lager trat. Die dicke Lunte des Fuchses zuckt hin und her, daß die weiße Blume blitzt. Der Hase hoppelt gerade auf die Steinplatte zu. Langsam schiebt sich der Fuchs voran. Da bröckelt der Schneerand der Steinplatte ab, fällt rauschend in das Buchenlaub, der Hase hält inne, macht einen Kegel und hoppelt im rechten Winkel fort. Also dieses Mal gelang es nicht, wie meistenteils.

Aber nun merkt der alte Fuchs recht, wie sehr es ihn hungert. Ganz elend wird ihm inwendig. Es hat keinen Zweck, hier sitzen zu bleiben. Sonne auf dem Balge wärmt ja, aber frisches Fleisch im Balge hält wärmer. Es ist noch heller Tag, aber hier oben am Berge ist die Luft rein, und wenn ein Bummel durch Busch und Stangenort auch nicht viel einbringt, etwas kommt immer dabei heraus.

Fort ist er; ein leises Knirren der langen Grashalme, ab und zu das Zerstäuben des Schneebehanges zeigt, wo er blieb. Jetzt taucht er in der alten Holzriese auf, sichert einen Augenblick zum Abhange hin und ist wieder fort. Der Wanderfalke, der auf der höchsten Zacke des zopftrockenen Buchenüberhälters hakt, äugt unter sich, denn Reinke macht sich dort zu schaffen. Irgend etwas findet er dort immer, auch heute. Viel ist es ja nicht, nur der Rest einer Krähe. Der Hunger treibt es hinein.

Weiter geht es auf dem engen, hochverschneiten Passe zwischen den Jungbuchen. Ab und zu unterbricht eine Flucht über einen faulen Stamm oder eine hinderliche Klippe das langsame Schnüren, hin und wieder verhofft er auch ein wenig. Allzu verlockend schwirrt und schnurrt das Meisenvolk, nach Frostspannern suchend, über den Schnee hin. Meist bringt diese Jagd nichts ein, aber einen Augenblick kann man schon daran wenden; vielleicht glückt es. Aber schon schnürt er weiter. Die Finkmeise hat ihn spitz; sie schlägt Lärm, und schimpfend stiebt der ganze Trupp in die Kronen.

Nun aber schnell fort, denn diese Gesellschaft ist lästig. Also umgedreht, in die Dickung, den Berg hinauf, und von oben her in das Stangenholz hinein. Langsam, hier riecht es nach Maus, ganz frisch sogar. Mit schiefem Kopfe steht er vor dem schwarzen Loche in dem Schnee. Etwas Graubraunes will heraus. Er faßt zu, es quietscht, eine schnelle Bewegung des Kopfes, ein heftiges Wedeln der Lunte, ein lautes Schmatzen, und weiter schnürt er. Hier riecht es nach Reh, darum halt! Auch ganz frisch, darum entlang in der Doppelfährte! Ricke mit Kitz, aber beide gesund. Dann hat es keinen Zweck.

Einen Augenblick überlegt er. Hier irgendwo wurde er einmal sehr satt. Richtig, halblinks, um die grauen, hohen Felsen herum, an dem Fichtenhorst vorbei, unter den losen Steinplatten hindurch in das große Trümmerloch hinein! Hier

hatte er an einem schönen Spätherbstmorgen gelegen und sich den Balg vom Nachttau getrocknet.
Da hatte er es knallen hören, nicht sehr weit, und
nach einem Weilchen brach es über der Schlucht,
Steine polterten, Schutt rieselte, und rasselnd fiel
es in Laub und Kraut.

Er hatte sich schnell in Sicherheit gebracht,
aber abends, als die Eule schrie, war er auf Umwe-
gen an die Schlucht herangeschnürt. Da war er
auf Rehschweiß gestoßen, hatte immer mehr gefunden und hatte die Rotfährte gehalten bis an
die steile Wand, war das Zickzackband der Wand
hinabgeschlichen, und als er im Grunde war, da
schlug ihm die volle Rehwitterung entgegen. Das
war ein Fest! Eine Flucht machte der Bock noch,
aber keine zweite mehr, da hatte er ihn an der
Drossel, und lange Zeit zum Klagen ließ er ihm
nicht. In der Nacht war er satt geworden, daß es
für zwei Tage hinlangte. Aber alle Tage sind nicht
so. Heute riecht es hier nur nach Schnee und
Moos und Mulm.

Also weiter, die Klippen hinauf, an der Wand
entlang, in den Hohlweg hinein, wieder in die
Klippen und wieder heraus. Aber die Höhle könnte man mitnehmen; einmal gab es dort einen ange-
schweißten Hasen, der sich da gesteckt hatte, ein
anderes Mal einen Jungdachs, der vergeblich an
den Wänden herumfuhr, als Reinke in dem Aus-
gang erschien, und einige Siebenschläfer wurden
dort auch erbeutet, ja einmal sogar eine Eule. Hier
ist nichts da, nur Eiszapfen und Schnee. Ein paar
dicke Motten finden sich schließlich noch; die werden mitgenommen. Aber die Fledermaus bleibt

hängen, nichts wie Haut und Knochen, und sie riecht schlecht.

Mißmutig überlegt er, wohin er sich nun wenden solle. Da fährt er zusammen. Über ihm erschallt des Hasen Todesklage. Mit jäher Flucht nimmt er den Kopf der Klippe und will auf die folgende, von der er in das helle Holz äugen kann, da verhofft er. Hasenklage verspricht oft mehr, als sie hält. Es ist schon lange her, aber wer das einmal durchgemacht hat, vergißt es nicht. Das war auch so ein weicher, milder Wintertag nach steifem Nordost, und er hatte auch zwei Tage gehungert oder noch länger. Er war um die Mittagszeit durch das Stangenholz geschnürt. Es schneite breit und langsam, und kein Lüftchen ging.

Da erscholl über ihm der jämmerliche Laut. Er kannte ihn gut. So hatte der Has' geklagt, den er acht Tage vorher riß. Ein merkwürdiger Has', denn er saß mit dem Halse in einer der dünnen, langen Ranken, von denen oft Stücke an den guten Wursthäuten sind. Und da dachte Reinke, es säße wieder so ein Häslein fest, und war, ohne erst Wind zu nehmen, losgetrabt, bis vor den Baum, von woher das Klagen kam. Und da hatte sich der Baum so merkwürdig schnell bewegt, Reinke fühlte ein Stechen und Schneiden an der linken Seite, sah es blitzen, hörte es krachen und kam erst wieder recht zur Besinnung, als er in seinem Feldloche saß und sich die brennende Seite leckte. Seit der Zeit holte er sich immer erst Wind. Seher und Gehör trügen, die Nase nie.

Eine Weile windet er. Dann schleicht er vorsichtig den Hang entlang, bis er unter dem Winde ist. Und da bleibt er. Noch einmal klagt der Hase; matter, schwächer, immer gedämpfter klingt es. Der Fuchs schleicht langsam näher, immer den Kopf hoch, immer mit den Nasenflügeln heftig schnuppernd und die Seher auf jeden Stamm richtend. Dort, geradeaus, muß es sein. Aber er gewahrt auf dem Schnee kein zuckendes, zappelndes Ding. Ringsumher ist es still und stumm, und es riecht nur nach Stein und Holz und Moos und Schnee.

Die Sache stimmt nicht. Reinke setzt sich auf die Keulen. Er hat ja viel Hunger, aber er hat auch viel Zeit. War es ein Has', so kriegt er ihn immer noch, und war es keiner, dann ist es um so besser. Aber jetzt läßt sich da etwas vernehmen; es war, wie wenn eine Eichkatze am Stamme kratzt. Aber dann ist wieder alles still. Jetzt hat sich da an dem Baume etwas bewegt. Reinke windet wieder. Hier kesselt der Wind. Ganz leise und langsam schleicht der Fuchs nach rechts, alle Augenblicke verhoffend, dann wieder weiterschleichend, um abermals zu verhoffen. Auf einmal fährt er zurück, stößt ein kurzes heiseres Gebell aus, wendet jäh um und trollt, so schnell er kann, dem dichten Bestand zu, daß der Schnee stäubt.

Es war nicht Has', es war Mensch. Reinke ist sehr vorsichtig geworden. Er traut sich aus den Dickungen nicht heraus, und erst, als der Himmel alles Rot verloren hat, die Goldhähnchen schon tiefer suchen, die Zeisige in den Fichten einfallen, im hellen Holze die Eule heult und die Steinbrucharbeiter laut singend hinter dem tanzenden

Lichte den Steinweg hinabtrampeln, da bekommt er die alte Sicherheit wieder. Aber viel länger als vorhin holt er sich in jeder Schlucht und auf jedem Kamme erst Wind.

Es ist schon recht dunkel, da schnürt er den Holzfahrweg entlang, findet am Frühstücksplatz eine Wursthaut, an einem Stück Papier etwas Schmalz, greift am Bach eine Maus, regt sich zwischen Holz und Feld an den frischen Hasenspuren auf, prüft alle Rehfährten daraufhin, ob sich nicht Schweißwitterung an einer davon findet, scharrt auf dem Felde aus dem Mist einen faulen Hühnerkopf, würgt ein stinkendes Darmende hinein, das er aus einem anderen Misthaufen kratzt, stattet dem Fischteich einen erfolglosen Besuch ab und schleicht in der späten Dämmerung um das Gut herum, bis laute Menschenstimmen ihn verjagen.

So trabt er in großem Bogen zum Dorfe, findet am letzten Hause auf dem Dungplatz einen Ballen fettiger Schweinehaare vom Schlachtfest, die er mit Widerstreben hinunterwürgt, gedenkt traurig der Nacht, als er hier die halbwüchsige Katze erwischte, muß eilig abtrollen, weil ein kläffender Spitz in den Hof hinausfährt, stellt am Bache fest, daß die Enten und Gänse wohl da waren, aber nicht mehr dort sind, findet am Luderplatze nur blanke Pferdeknochen, am Kalkofen überhaupt nichts, bei der Mühle dasselbe und macht auf seiner meilenlangen Fahrt durch die Feldmarken und die sieben Berge hinter ihnen die Erfahrung, daß der Has' viel zu hellhörig ist und daß die Hühner verschwunden zu sein scheinen. Eine einzige Maus scharrt er mit vieler Mühe noch aus, dann ist die Nacht hin, und er trollt dem Holze wieder zu, in der stillen Hoffnung, in den Schlehenbüschen noch einen Igel im Winterlager zu finden oder auf der Luzerne davor einige Mäuse zu greifen.

Der Igel aber liegt unter schützendem Schnee, und Mäuse gibt es auch nicht. Als er ganz trübselig den Bach entlang schnürt, stößt er auf frische Rehwitterung. Gewohnheitsmäßig, aber ohne Hoffnung, schnürt er der Fährte zu und steckt die Nase hinein. Sofort ist er wieder munter, denn in der Fährte liegt ein Tröpfchen Schweiß. Bei dem Wurfboden einer Buche findet er wieder Schweiß in der Fährte, einen breiteren Tropfen, und je näher er an den Buchenaufschlag kommt, um so frischer sind sie, und immer heftiger weht Reinkes buschige Rute.

Ganz vorsichtig schleicht er in dem Hauptwechsel entlang, bis er in dem Buchenaufschlag ist. Da hat er auch dicht vor sich die volle Rehwitterung. Noch vorsichtiger schleicht er näher, da rauscht es auch schon über ihm, poltert es, rasselt es, stiebt es, und nun schleicht er nicht mehr, er schnürt eiliger, immer hastiger, und je schneller es vor ihm bricht und rauscht, um so flüchtiger wird er, immer unter dem Winde neben der kranken Fährte, die Nase einen halben Fuß über dem Schnee.

Das laufkranke Kitz flüchtet bergan, Reinke immer hinter ihm drein. Es schlägt einen Haken, macht einen Widergang, läßt den Fuchs hinter sich, aber der hält die Fährte, und als es zitternd und keuchend verhofft, weil bei jeder Flucht die Schalen durch die harte Schneekruste treten und die Läufe immer mehr schmerzen, da vernimmt es des Verfolgers lautes Hecheln schon unter sich. Es flüchtet bergauf, über faule Stöcke, zwischen Klippen hindurch, in die verschneiten Dickungen hinein, in das Stangenholz, aber Reinke ist immer dicht an ihm. Immer kürzer wird das Reh, immer länger der Fuchs. Einmal schon faßt er Haar, aber laut aufklagend reißt es sich los, bricht seitwärts aus und poltert in der vereisten Holzriese den Hang hinab.

Ihm nach trabt der Fuchs. Seine Seher glühen, lang hängt die Zunge aus den schwarzen Lefzen, fest angelegt sind die spitzen Gehöre, die Lunte flattert wie eine Fahne über seinem Rücken, Schaum spritzt rechts und links in den Schnee. Jetzt ist er bei dem Reh, es wird noch einmal hoch, flüchtet durch den verschneiten Aufschlag, aber der Fuchs ist jetzt immer Seite an Seite mit ihm und springt bei jeder dritten Flucht an ihm herauf. Jetzt faßt er an, zieht nieder, jämmerlich klingt das Angstgeschrei durch den Wald, fernher antwortet der Baß eines Altrehes, ein Schmalreh schmält, und dann ist es still.

In dem kleinen Erdfalle, neben dem breiten Steinblock unter dem sparrigen Holunderbusch schlagen des Kitzes Hinterläufe den Schnee von dem Buchenlaube. An der Kehle zerrt und reißt knurrend und keuchend der Fuchs, bis es ihm naß und heiß entgegenquillt. Da hält er inne und leckt und leckt, faßt noch einmal an, reißt noch einmal, stößt seine Nase zwischen die Lauscher, unter das

Vorderblatt, in die Dünnungen, in den Spiegel des Rehes, zupft erst hinter dem Blatt, reißt heftiger, verhofft, windet und schneidet an.

Er ist nicht mehr der saubere Fuchs, dessen eisgrau bereifter Balg wie geleckt aussieht. Das Gesicht ist rot besudelt, der weiße Brustlatz ist fort. Er zieht und zerrt, reißt die Öffnung weiter und hält plötzlich inne. Sein Rückenhaar sträubt sich, heiser faucht, dumpf murrt er, und giftig kekkernd fährt er einem anderen Fuchse entgegen, der seit einer Stunde der Rotfährte gefolgt ist. Wieder wird es laut im Walde, so laut, daß die Steinbrucharbeiter, die in dem Hohlweg hintereinander herstampfen, erstaunt stehenbleiben und eine Weile dem gellenden Kreischen zuhören, das sich den Berg hinaufzieht, bis es auf dem Kamme verhallt.

Der Alte vom Berge hat den Schmarotzer abgebissen. Eilig, aber immer windend und verhoffend, schnürt er zu seiner Beute zurück und füllt sich bis zum Platzen. Erst als es ganz licht ist und die Forstarbeiter mit Axt und Säge laut werden im hohen Holze, als die Zeisige die Fichten verlassen, die Krähen über den Berg streichen, Goldfink, Häher und Zaunkönig sich melden, schiebt er mit der Nase den Schnee von allen Seiten über das Reh, es für die kommende Nacht aufhebend.

Faul und dick schnürt er den Steig entlang, bis zu dem Loche, in dem sich die Quelle sammelt. Da schlappt und schlappt er das eisige Wasser, bis sein Brand gestillt ist, rollt sich im weichen Schnee und schnürt dann den Hang hinauf bis vor seine Burg.

Die Sonne kommt rot und rund an der Flanke

des Berges hoch und trifft eben noch die weiße Spitze von Reinkes Lunte, die gerade in der Spalte verschwindet, die in seinen Bau führt.

Da wird der Tag verschlafen und vielleicht die Nacht dazu, und am Ende noch ein Tag, wenn ihn der Durst nicht hinaustreibt.

»Eine dumme Geschichte das«, dachten die Kaninchen, »wirklich, eine zu dumme Geschichte!«

Nun waren es drei Tage her, daß sie nicht Wald noch Feld gesehen hatten. Seit drei Tagen waren sie in Kisten und Kasten herumgefahren, geschüttelt und gerüttelt worden, daß ihnen Hören und Sehen verging. Jedesmal, wenn das Rütteln und Schütteln aufhörte, dachten sie, nun käme die Erlösung, aber es kam weiter nichts als neues Rütteln und Schütteln.

Froh und heiter hatten sie in ihren Sandbergen an der Emse gelebt, sich an den guten Sachen fett geäst, die auf den Feldern und Wiesen wuchsen, fleißig an ihren Bauen gearbeitet; ab und zu mit den Hirtenhunden kriegen gespielt, mit diesen albernen Hunden, die nicht dahinterkamen, daß ein Kaninchen schneller ist als alles auf der Welt, was Haare und vier Beine hat, und daß es sich unsichtbar machen kann, wenn es will.

Aber eines Tages kamen Männer mit Hunden und jagten die Kaninchen allesamt aus Busch und Heide zu Baue. Das wäre weiter nicht schlimm gewesen, denn unter der Erde ist es warm und gemütlich. Aber dann kam das Schreckliche, ein langes, weißes Tier, das wie ein Iltis roch und rote Augen hatte, war in die Baue eingeschlieft, und da es eine Klingel um den Hals hatte, entsetzten sich die Kaninchen so arg, daß sie Hals über Kopf zutage fuhren. Das heißt, fahren wollten, denn ehe sie zur Besinnung kamen, verstrickten sie sich in einem Netze und kugelten damit im Heidkraute umher.

Und dann begann das eigentliche Elend. Sie wurden köpflings in einen Sack gesteckt, in dem sie in Todesangst hin und her schossen, bis sie sich so abgestrampelt hatten, daß sie zitternd auf einem Haufen saßen. Dann wurden sie in dem Sacke weit weggetragen, dann kamen sie in eine dunkle Kiste. Allerlei Futter fanden sie vor, aber sie rührten es nicht an und scharrten und knabberten an den Brettern, bis sie müde waren. Dann fuhr man sie in der Kiste über holprige Heidewege und lud sie irgendwo ab, und dann wurden sie wieder aufgeladen und den halben Tag gefahren.

Rumpeldipumpel machte der Wagen, und die drei Kaninchen fuhren übereinander hin. »Prr«, schrie der Jagdaufseher, und das Pferd stand. Der Kastendeckel öffnete sich, eine derbe Faust faßte hinein, erwischte ein Kaninchen nach dem anderen, und dann flogen die drei kopfüber, kopfunter in das Heidekraut. Einen Augenblick saßen sie da, geblendet von der Sonne, betäubt von dem Geruch der Kiefern und der Heide, aber nur einen Augenblick, dann schlug jedes einen Haken und verschwand in der hohen Heide. Hinter ihnen her erklang das Gelächter des Jagdaufsehers.

Da saßen nun die drei unglücklichen Dinger, jedes unter einen Busch Heidekraut gedrückt, und wußten nicht, was sie machen sollten. Still und stumm war es. Irgendwo schrie ein Häher, Wasserjungfern flirrten vorüber, die Grillen schwirrten, die Hänflinge und Goldammern sangen, und es roch nach Heide, Kiefern und Birken. Aber es war eine andere Heide als die Heimatheide. Dort führten überall die Pässe der Kaninchen hin und her, ringsumher lag Kaninchenlosung, und die Luft war voll von Kaninchenwitterung. Hier war von alledem nichts. Nach Hase und Reh roch es, aber nicht nach Kaninchen.

So dachte Hopps, der Rammler. Er war von Natur aus sehr vorsichtig, denn er hatte im Gegensatz zu seinesgleichen einen kohlschwarzen Balg mit einer silbernen Blesse mit auf die Welt gebracht und fiel in Sand und Heide zu sehr auf. Aber als er eine Viertelstunde unter dem Heidebusche gesessen hatte, machte er einen Kegel und sah sich um. Alles, was er sah, waren junge Kiefern und Birken, Heide, Sand und der silbergraue Stumpf einer Kiefer. Darauf hoppelte Hopps zu, denn da schien ihm besseres Kraut zu wachsen. Er putzte sich, äste einige Blättchen, und dann scharrte er ein Wühlmausloch, das unter den Stumpf führte, größer, alle Augenblicke haltmachend und witternd. Nach einer Stunde hatte er seinen Notbau fertig.

Die Arbeit hatte ihn hungrig gemacht. Heide mochte er nicht, Kiefern- und Birkenrinde noch viel weniger. So setzte er sich denn auf die Keulen und prüfte ringsum die Luft. Halblinks roch es nach Klee. Vorsichtig rückte Hopps nach dieser Richtung hin. Wahrhaftig, der gute Geruch wurde immer stärker, und da leuchtete auch schon zwischen den grauen Kiefern eine saftige Kleewiese auf. »Noch zu hell, viel zu hell noch«, denkt Hopps und bleibt am Rande der Dickung sitzen. Hinten in der Wiese bewegt sich etwas Weißes hin und her. »Der Storch«, denkt der Kaninchenbock. Ein Ruf kommt aus blauer Luft: »Das ist der Bussard.« Das sind Tiere, vor denen hat er keine

Angst. Aber nun kommt von dem Felde ein heller Laut: »Also Hunde gibt es hier auch; dann ist es Zeit, sich einen sicheren Bau zu graben.«

Hopps rückt, nachdem er am Grabenrand sich am Grase geäst hat, wieder in die Dickung, eilig, aber vorsichtig. »Halt, da riecht es ja nach Kaninchen!« Hopps schnuppert einen Augenblick. »Das war Flitzchen.« Zweimal klopft er mit dem Hinterlaufe die Erde. Da taucht ein grauer Fleck zwischen zwei Heidbüscheln auf. Flitzchen ist es. Steif und starr sitzt sie da; ebenso steif, ebenso starr sitzt Hopps ihr gegenüber. Keins rührt sich. Dann spielohrt Hopps und rückt näher. Flitzchen wendet sich zur Flucht. Hopps macht halt und klopft wieder. Da faßt sie Vertrauen. Der Wind küselt und trägt ihr die Witterung von dem schwarzen Ding vor ihr zu. »Ich glaube, es ist Hoppschen«, denkt sie. Da ist er auch schon. »Bist du es?« – »Ja, wer sonst?« – »Das ist schön!« – »Und wo ist Witschel?« – »Keine Ahnung.« – »Wollen wir sie suchen?« – »Nachher; jetzt müssen wir einen Bau graben; es sind Hunde in der Nähe. Ein Rohr habe ich schon fertig!« – »Weiß ich!« – »Wieso denn?« – »Habe es gefunden und von der anderen Seite noch ein Rohr unter den Kiefernstumpf niedergebracht!« – »Du bist ein mächtig kluges Mädel! Aber nun komm, wir wollen jetzt den Kessel buddeln, und dann können uns die Hunde was husten!«

Husch, husch, geht es durch das Heidekraut. Hopps ist ordentlich übermütig geworden, seitdem er Gesellschaft hat, und macht vor lauter Vergnügen allerlei dumme Sprünge, und Flitzchen wird von seiner Lustigkeit angesteckt und wagt auch einen frohen Hopser über einen bunten Stein. Als die beiden aber nach dem alten Stumpf kommen, bleiben sie starr sitzen, denn da rührt sich etwas. »Warte, ich hole mir Wind!« meint Hopps, und leise schleicht er im Bogen zur Seite, bis er Wind bekommt. Aber dann klopft er lustig, denn der Wind sagt ihm, daß dort am Stuken Witschel ist. Da ist sie schon, die gute Dicke. Hochaufgerichtet steht sie da und läßt die beiden herankommen. »Was wollt ihr denn hier?« – »Die Rohre mit einem Kessel verbinden.« – »Habe ich schon längst gemacht. Aber wißt ihr was? Seht mal dahin, da steht ein dichter Dornbusch. Bis zum Kessel sind es keine sechs Kaninchenlängen. Wenn wir nun eine Fahrt vom Kessel bis unter den Busch bringen, dann sind wir fein heraus!« – »Fein herein auch.« – »Also los!«

Ein eifriges Gebuddel beginnt. Hopps fängt unter dem Dornbusche an. Flitzchen arbeitet ihm vom Kessel aus entgegen, und Witschel führt von dem anderen Rohre eine Verbindungsröhre nach der Dornbuscheinfahrt, einmal der besseren Durchlüftung wegen, dann aber auch, weil sie weiß, je mehr Fahrten ein Bau hat, um so leichter ist das Entkommen, verirrt sich einmal so ein Stinker von Iltis hinein. Es war ein glücklicher Gedanke von Witschel, der Einfall mit dem Dornbusche, denn kaum, daß die drei in der Dämmerung am Rande der Kleewiese saßen und sich an den saftigen Blättern gütlich taten, kam ein Bauer den Weg entlang, und hinter ihm her bummelte ein Spitz. Sowie der die Kaninchen in die Nase bekam, sauste er hinterdrein, und wenn er sie auch nicht bekam, so hielt er doch die Fährte. Hopps und Flitzchen nahmen den kürzesten Weg und fuhren über die Heide zu Baue, Witschel aber schlug vor dem Hund Haken auf Haken, bis ihm ganz dumm und albern zumute war. Und deshalb sah er sich nicht vor und rannte gerade dahin, wo Witschels Blume verschwand, mitten in den Schlehbusch hinein, und er rannte sich einen dürren Dorn unter die Nase, so daß er heulte, daß es weit über die Heide klang, und jammervoll winselnd kehrte er zu seinem Herrn zurück.

Die drei Kaninchen unter der Erde lachten. »Was ist denn da los?« fragte Hopps. »Ach, ich habe den dämlichen Spitz in die Dornen gelockt, und die haben ihn gekämmt. Ich glaube, den Köter sind wir für eine Weile los.« – »Glaube ich auch«, meinte Flitzchen, »denn er hat nicht schlecht gepfiffen.« Ein Weilchen warteten sie noch im sicheren Bau, dann aber schlüpfte Hopps bis in die Dornen, sicherte lange und klopfte die anderen heraus. Sie ästen sich lange in der Kleewiese und machten durch ihr Hin- und Herhuschen die zwei Hasen, die seit Jahr und Tag dort ihre Besuchsstelle hatten, so nervös, daß diese ärgerlich nach dem anderen Ende der Wiese rückten, und auch der Rehbock, der am Kopfe der Wiese immer austrat, wurde zu seinem Mißvergnügen die fremden Gäste gewahr, schimpfte mörderisch, daß es weithin klang, und zog voller Verdruß den Hasen nach. Als es schon ganz dunkel war, bekamen die Kaninchen einen großen Schreck, denn es brach und knickte in dem Stangenort über dem Sandwege, und etwas gewaltig

Großes zog über die Heide nach den Feldern. Was es war, wußten sie nicht, denn dort, wo sie hergekommen waren, gab es keine Hirsche. Aber da seine Fährte nicht nach Mensch, nicht nach Hund und nicht nach Fuchs roch, so rückten sie bald wieder aus der Dickung heraus.

In acht Tagen hatten sie sich eingelebt. Außer ihrem Hauptbaue hatten sie sich noch hier und da ein halbes Dutzend Notrohre gescharrt und zu dem großen Bau noch vier lange Fahrten mit mehreren Abzweigungen getrieben, deren Mündungen unter Baumstümpfen und in den dichtesten Kiefernkusseln endeten. »Jetzt kann kommen, wer da will«, meinte die gute Witschel, und bei sich dachte sie: »Es ist auch gut, daß wir uns eingerichtet haben, denn zum Scharren habe ich keine Zeit mehr.« Von Tag zu Tag hielt sie sich mehr allein und sah immer magerer und ruppiger aus, und wenn Hopps ihr folgen wollte, ohrfeigte sie ihn, daß es nur so brummte. Und bald ging es ihm bei Flitzchen nicht anders; auch diese hielt sich allein, und Hopps saß allein in seinem großmächtigen Bau und dachte über die Launenhaftigkeit der Weiber nach und sehnte sich nach der Emsheide, wo es nicht bloß Flitzchen und eine Witschel, sondern viele hübsche Kaninchenfräulein und -frauen gab, alte und junge, dicke und schlanke, so daß ein Kaninchenherr, und besonders so ein schöner, schwarzer mit einer silbernen Blesse, sich nicht Tag und Nacht zu langweilen brauchte.

Eines Tages aber machte er ein ganz dummes Gesicht und dachte: »Nanu, träume ich, oder ist mir der junge Klee in den Kopf gestiegen?«, denn an der Quelle bei dem Dornbusche wimmelte es von kleinen Kaninchen; sieben waren es, sechs graue und ein schwarzes. »Die wollen wir uns doch einmal näher besehen«, dachte er, aber da fuhr Witschel, die er gar nicht gesehen hatte, hinter einem Farnbusche hervor und benahm sich so unfreundlich, daß er ihr aus dem Wege ging. Drei Tage später traf er auf dem grasigen Gestelle vor dem Stangenorte wieder junge Kaninchen an, zwar nur fünfe, aber zwei schwarze darunter, und als er sich die Kinder ansehen wollte, bereitete ihm Flitzchen ebenfalls einen üblen Empfang. Aber schon nach acht Tagen liefen die Kleinen allein, und die beiden Mütter waren wieder nett zu Hopps.

Drei Monate gingen in das Land, da sah die Kiefernbesamung anders aus als an jenem Apriltage, an dem der Jagdaufseher die Kaninchen ausgesetzt hatte. Überall war gescharrt, an den Wegen, an der Feldkante, in den Gräben, und überall war Kaninchenlosung. Der Jagdpächter freute sich, wenn er in der Dämmerung von dem Hochsitze in der Eiche den Graben in das Glas nahm und überall die Kaninchen hin und her flitzten, doch es wunderte ihn, daß der starke Bock, der sonst immer hier austrat, sich nicht mehr spürte. Aber dem war es in der Besamung und in dem Stangenorte zu unruhig geworden: Tag und Nacht ruschelte und raschelte und pochte und kratzte es, und überall roch es nach den fremden Tieren, und kein Fleck war, wo nicht deren Losung lag. Deshalb war er in die Nachbarjagd ausgewandert. Auch die beiden Hasen, die sich sonst jeden Abend vorn in der Kleewiese ästen, waren verschwunden. Erst hatten sie tiefer in der Wiese geäst, als aber die Kaninchen auch dort das Gras mit ihren Pässen durchzogen, rückten die Hasen auch über die Jagdgrenze.

Reinke Rotvoß, der Schleicher, hatte es bald spitz, daß es in der Besamung ein neues Wild gab. Er gab sich zwei Monate lang die größte Mühe, eins von den unbekannten Tieren zu erwischen, aber es gelang ihm immer vorbei. Und wenn er es noch so schlau anstellte, sie entwischten ihm jedesmal, und dann stand er vor dem Bau, schnupperte in die Fahrt hinein, zog Geschmacksfäden wie ein Hund beim Hochzeitsessen, scharrte sich lahm und müde und zog schließlich hungrig und ärgerlich ab. Beinahe hätte er Flitzchen einmal geschnappt, aber da klopfte Hopps laut auf den Boden, und Flitzchen schlug drei Haken und fuhr durch den Dornbusch zu Bau, der Fuchs schrammte sich heftig an den Dornen und machte, daß er weiterkam. Auch Griepto Heuhnerdeiw, der Habicht, hatte kein Glück bei den Kaninchen, und wenn er noch so listig an der Kante der Besamung entlangstrich. Jedesmal, wenn er sich sagte: »So, nun mache dein Testament!«, dann witschten die grauen oder schwarzen Dinger in den Busch oder in ein Loch.

Einzig und allein Dickkopf, der Kauz, hatte Weidmannsheil und griff, als er lautlos aus der Eiche abstrich, ein Jungkaninchen. Die anderen aber retteten ihre Bälge und wuchsen und gediehen, und als ein neuer Frühling in die Heide zog, da machte es nichts mehr aus, riß der Fuchs auch einmal ein Stück oder griffen Kauz und Habicht sich eins; denn es waren ihrer schon viel zu viele, und alle vier Wochen wurden es mehr.

Schon bald fingen die Bauern an, lange Gesichter und runde Augen zu machen, wenn sie die Gänge im Getreide sahen, und einer klagte dem anderen seine Not über das neue Unzeug. Als es von Monat zu Monat schlimmer wurde, rückten sie dem Jagdaufseher auf den Leib, aber der tat, als wüßte er nichts, und ebenso machte es der Jagdpächter, denn er sagte, ihm seien die Kaninchen selbst lästig, weil sie die Hasen und die Rehe vertrieben. So war es auch; seitdem Hopps, Witschel und Flitzchen und ihre Nachkommenschaft und die Nachkommenschaft davon und deren Nachkommenschaft und so weiter in den Heidbergen waren, hatten sich die Hasen nach und nach verzogen, und die Rehe waren in die Nachbarjagd hinübergewechselt, die aus Bruch und Moorwald bestand, und in der die Kaninchen nicht leben konnten.

Als es ganz schlimm wurde, veranstaltete der Jagdpächter Treibjagden allein auf Kaninchen, und wenn auch den ganzen Tag über geknallt wurde, auf zehn Schuß kam meist noch nicht ein Viertel Kaninchen, denn, wie der Jagdpächter sagte: »Vorn ist das Deuwelszeug zu schnell und hinten zu kurz.« Der Jagdaufseher kaufte Frettchen und Garne und ging ihnen damit zu Balge, aber in der dichten Besamung und bei den verzweigten Bauen, die alle keinen Anfang und kein Ende hatten, lohnte das auch nicht. Er stellte Tellereisen in die Röhren und an die Kratzstellen, aber die Kaninchen hatten den Schwindel bald heraus und fielen nicht mehr darauf herein, und als der Jagdaufseher Schwefelkohlenstoffbomben in die Baue warf, hatte er erst recht keinen Erfolg, weil die Baue zu viele Ausfahrten hatten. Und daß er sich hinsetzte und sie auf dem Anstand abschoß, das brachte ihm nicht Schußgeld genug.

So lebten denn Hopps, Witschel und Flitzchen lustig weiter, und von Jahr zu Jahr nimmt ihre Sippe zu. Längst haben sie die Gemeindegrenze überschritten, rund herum finden sich neue Siedlungen, und alles, was Land und Garten hat, flucht ihnen.

Es schadet ihnen aber nicht im mindesten. »Der Mensch ist stark und schlau«, sagt Hopps, der alte, »aber gegen uns kann er nicht ankommen. Witschel hat voriges Jahr achtmal geworfen, meist sechs Stück, einmal weniger, das andere Mal mehr, im Durchschnitt aber sechs. Sechs mal acht sind achtundvierzig.«

»Und ich habe im letzten Jahre vierunddreißig gehabt«, meint Flitzchen.

»Na also«, spricht Hopps.

DIE KÄUZCHEN

Hinter den letzten Häusern des Dorfes am Abhange des Berges liegt ein alter Steinbruch; über seine steilen, zerrissenen Wände lassen die Wildrosen und Brombeerbüsche ihre zackigen Ranken herabhängen, und die Schlehen bilden dichte Verhaue.

Unterhalb des Steinbruchs fließt der Bach in tiefen Ufern, an beiden Seiten von alten, strubbelköpfigen Weiden besäumt, zwischen denen allerlei Gestrüpp und Gekräut wächst, das moosige Steintrümmer halb verdeckt. Neben dem Steinbruche zieht sich die Trift mit einer Treppe über der anderen hin, die die Schafe getreten haben. Rechts und links von dem Bache wechselt das Feld mit der Wiese ab, und oben am Berge beginnt der Wald.

Kann man sich eine bessere Gegend für ein Käuzchenpaar denken? Gewiß nicht! Im Steinbruche sind tiefe Ritzen und Spalten, aus denen kein Junge den Eulchen Eier und Junge rauben kann. Mäuse gibt es hier mehr als genug, an Spatzen ist kein Mangel, und Mistkäfer, Maikäfer, Brachkäfer, Schmetterlinge mit dicken Leibern und Heuschrecken, fett und saftig, sind hier in Menge zu finden, besonders für jemand, der so scharfe, in der hellen Sonne ebensogut wie in der Dämmerung und bei Nacht sehende Augen hat wie die Käuzchen.

Es ist noch lange nicht Abend, aber die Käuzchen sind schon munter. Eins sitzt auf einer Felsplatte im Steinbruch, macht einen Knicks nach dem anderen und späht mit den gelben Augen scharf umher. Da unten klettert eine große, grasgrüne Heuschrecke langsam einem Schmetterlinge näher. Jetzt hat sie ihn und will ihn gerade verzehren, da wirft sich das Käuzchen herab, faßt sie und huscht in die Felsenritze unter dem Rosenbusche, der ganz voller Blüten hängt. In dieser Ritze sitzen nämlich fünf grauweiße, dickköpfige Wollklümpchen, und das sind die jungen Käuze. Jämmerlich fiepen sie alle, als die Mutter kommt; aber die weiß ganz genau, welches an der Reihe ist, und dem hält sie die Heuschrecke hin.

Schon ist das Käuzchen wieder draußen. Einen Augenblick bleibt es auf der Felsplatte sitzen und knickst. Dann schwebt es dorthin, wo der Rainfarn ein dichtes Buschwerk zwischen moosigen Steinblöcken bildet. Ein Weilchen rüttelt es in der Luft, dann stößt es herab, »piep« geht es, und mit einer Waldmaus in den Krallen fliegt es dem Nestloche zu, aus dem eben Vater Kauz herauskommt; er hat den Kleinen einen Spatzen gebracht, der so dumm war, gerade unter der Kopfweide sich zu baden, auf der das Käuzchen saß. Als er pudelnaß am Bachufer saß und sein Gefieder schüttelte, schwebte das Käuzchen herab, faßte ihn, biß ihm das Genick durch und trug ihn den Jungen zu.

An Nahrung mangelt es hier nicht, und das ist ein Segen; denn es ist unglaublich, was die fünf Kleinen für einen gesunden Hunger haben. Vater und Mutter Kauz sind die ganze Nacht und den halben Tag unterwegs, und wenn sie denken: Nun können wir uns eine Stunde Ruhe gönnen, dann geht das hungrige Gefiepe in der Felsritze wieder los. Von Tag zu Tag wird es ärger damit; denn die Kleinen wachsen, daß es eine Freude ist, aber je mehr sie wachsen, um so mehr fressen sie auch. Darum fliegen Vater und Mutter Kauz schon lange vor der Sonnensinke hin und wider; bald jagen sie am Bache, bald auf der Trift; jetzt rütteln sie über dem Feldraine, nun stoßen sie in das Wiesengras, und gleich darauf schwebt eins von ihnen dem Walde zu und jagt dort, obgleich da eigentlich das Jagdgebiet von Waldkauz und Ohreule ist.

So ganz wohl ist ihnen bei der Jagd am Tage nicht. Am Bache sind die frechen Bergbachstelzen, und sowie sie die Käuzchen zu Gesichte bekommen, geht das Geschimpfe los. Das dauert dann meist nicht lange, und die Sumpfmeisen sind da, und nun kommen auch die unverschämten Kohlmeisen an und die Grasmücken, die Laubvögel und die Rohrsänger und wer weiß was noch für Lärmmacher; schließlich, wenn das Käuzchen sich in eine hohle Weide oder in eine Felsspalte retten will, kommen die Schwalben angesaust mit ihrem spitzen Geschrei, und es setzt Puff auf Puff.

Viel gemütlicher ist es darum, wenn die Sonne hinter dem Dorfe verschwindet und alle die Störenfriede zur Ruhe gehen. Wenn dann die Laubfrösche in den Flachsröstekuhlen meckern und die Unken läuten, die Schleiereule in den Grasgärten schnarcht und der Waldkauz im Forste lacht, daß es schallt, dann fühlen sich die Käuzchen wohl, und bald hier, bald da geht es: »Kuwitt, kuwitt« und »Käw, käw« und »Huuk, huuk« und »Huük, huük« und schließlich »Puu, puu«. Hier schwebt eins über den Boden und nimmt den Mistkäfer fort, der sich zu Boden fallen ließ; da rüttelt das andere über der dickköpfigen Purpurdistel, stößt zu und fliegt mit einer wunderschönen Brandmaus ab, die sich gerade einen Brachkäfer zu Gemüte führte, und dann schwebt es damit nach dem Rosenbusche, unter dem fünf gelbäugige Köpfe aus der Felsritze sehen und sich gegenseitig drängen, um die Maus zu erhaschen, die der Vater ihnen vorhält.

Hübsch groß geworden sind sie, die jungen Käuzchen, so groß schon, daß eins nach dem anderen es wagt, aus der Felsspalte auf die breite Platte herabzuflattern. Da sitzen sie, verrenken sich die Hälse, knicksen wie die Alten und pfeifen so hungrig, als hätten sie seit drei Tagen nichts zu fressen bekommen. Jetzt pfeifen sie lauter und drehen alle die Köpfe nach rechts; denn da kommt die Mutter angeflogen, macht eine Schwenkung und läßt eine Feldmaus hinfallen. Fünf krumme Schnäbelchen fassen zu und fünf Paar Krallenfüße; diesmal war das Nestkücken das schnellste; es packt die Maus und zerfleischt sie. Darüber wird das Älteste so ärgerlich, daß es nicht wartet, bis der Vater herankommt; es flattert ihm entgegen und bekommt zum Lohne eine junge Wühlratte zugeworfen, die auf die breite Felsplatte unten fällt. Ein Weilchen überlegt das junge Käuzchen, dann flattert es hinab und holt sich die Maus.

Noch drei Tage weiter, und alle Jungen fliegen den Eltern entgegen, und wieder einige Tage, so begleiten sie sie, und sowie der Vater oder die Mutter eine Beute haben, fliegen die Jungen näher. Nun aber beißen die Alten die Beutetiere nicht tot: lebend lassen sie sie fallen, und wenn die Jungen vorbeistoßen, schweben sie herab und greifen sie wieder, bis diesem oder jenem von den Jungen der Griff gelingt. Es dauert nicht lange, und die Jungen stoßen nicht mehr daneben, und von da ab währt es nur noch wenige Tage, und sie jagen allein. Mancher Griff gelingt ihnen nicht, manche Maus entschlüpft ihnen; aber schließlich sind sie ebenso sicher wie die Alten.

Dann verteilen sie sich; von Abend zu Abend jagen sie weiter weg, schlafen allein in einem Baumloche, in einer Felsritze, in einem Schuppen oder einem alten Kalkofen und finden sich nicht wieder zusammen. Unstet treiben sie sich den Herbst und Winter über umher, suchen die Korn-diemen nach Mäusen und die Grasgärten nach Spatzen ab, um, wenn der Frühling da ist, sich ir-gendwo niederzulassen, wo es sich so gut leben läßt wie in dem alten Steinbruche über dem Bache, wo sie aus den Eiern krochen.

DER EICHELHÄHER

Es sitzt ein Vogel im Eichenbaum und gibt ein Potpourri zum besten. Er schwatzt und plaudert, als wäre er ein Pirol oder Würger, und dann schnalzt er wie eine Eichkatze, miaut wie ein Bussard, trompetet wie ein Kranich, ruft wie ein Buntspecht, pfeift wie ein Star und quietscht wie ein Wagenrad. Jetzt kreischt er laut und gellend auf und schwebt dahin wie ein riesengroßer, bunter Schmetterling.

Der Markwart ist es, der Eichelhäher, der Schalksnarr und Irrwisch, Hans Dampf in allen Ecken, Bruder Immerlustig und Meister Wunderlich, der lustige Schwätzer, der fröhliche Spötter, der Hüpfer und Schlüpfer, Schweber und Flatterer, der Prahlhans und der Angstmeier, des Jägers Vergnügen, des Jägers Verdruß Wildverkünder und Wildvergrämer, der Nestzerstörer und Eichenpflanzer, der alles kann, der alles sieht, alles kennt, der heute pfiffig und morgen dummdreist, eben vorlaut und frech und jetzt wieder heimlich und zage ist, der Vogel, dessen Stimme, dessen Benehmen ebenso voller Gegensätze ist wie sein Gefieder.

Wie fein, weich und zart ist das rötliche Grau seines Rumpfes. Wie herrlich ist der gelbliche, schwarz übertupfte Scheitel dazu gestimmt und das warme Braunrot der Flügeldecken. Wie toll aber stechen dagegen die leuchtend himmelblauen, schwarz und weiß gestriemten Achselklappen ab, die schwarzweißen Schwingen, die weißen Schwanzdeckfedern und der schwarze Schwanz.

Eigentlich müßten diese harten Farben zu dem weichen Grundtone des Gefieders nicht passen, aber den Eichelhäher kleiden sie, bei ihm sind sie ebenso zusammengestimmt wie in seinem Gesange die feinen und die groben Laute, wie in seinem Charakter die freundlichen und die häßlichen Züge.

Auf der blumigen Waldwiese sitzt ein halbes Dutzend Häher. Das schwatzt, das klatscht, hüpft und springt, tanzt hin und her, spreizt die Hollen, nickkoppt und dienert, schaut ernst drein, hopst albern in die Höhe, schnappt den fliegenden Käfer, streut die Erde des Maulwurfshaufens herum, stochert im Moose, scharrt im Grase, hämmert an einem Baumstumpfe, wetzt an einem Steine, quiekt, schnalzt, quarrt, schnarrt, ratscht und tratscht, miaut und flötet, daß der Jäger, der hinter der Eiche steht, vor Lachen kaum ruhig bleiben kann.

Ein gellendes Kreischen, das sich sechsmal wiederholt, und dahin stiebt das bunte Gelichter, hier, da und dort aus dem Dickicht weiterkreischend. Erstaunt sieht sich der Jäger um; er kann nichts erspähen. Aber das Kreischen dauert fort, ist bald hier, bald da in der Dickung, läßt nach, um betäubend wieder zu beginnen, hört auf und erneuert sich abermals, bis es als wildes Wutgekreische näher kommt. Und aus der Dickung schiebt sich ein spitzes Gesicht mit schwarzen Gehören, eine weiße Brust leuchtet, ein roter Leib schimmert, eine buschige Rute zuckt hin und her, und blank und breit steht auf der Wiese Meister Reineke. Langsam hebt der Jäger die Waffe hoch, ein leises Knikken ertönt, daß der Fuchs jäh den Kopf hochnimmt, aber da knallt es bereits, der Fuchs schlägt um, und wildes Angstgekreische der Häher erfüllt den Wald.

Am andern Tage pirscht der Jäger einen raumen Stangenort ab. Vertraut schwebt ein Häher vor ihm her, quiekt und schwatzt ungestört, stochert hier im Fallaube, stöbert dort im Grase und taucht in der Dickung unter. Der Jäger bleibt in guter Deckung stehen die Büchse schußfertig unter dem Arme, denn vor ihm schiebt sich ein roter Fleck durch das grüne Laub. Nicht weit vor dem Jäger schwebt ein Häher auf den Pirschsteig herab, sieht sich scheu um, als täte er unrecht, hackt hastig an dem Rande des Steiges die lehmige Erde los, reißt zerrottete Würzelchen heraus, hackt wieder, sich immer ängstlich umsehend, zupft wieder Wurzeln, mit denen er sein Nest auskleiden will, schiebt sie sorgfältig mit dem Schnabel zusammen, daß es ein bequemes Bündel gibt, und will gerade damit abstreichen, als er den Jäger gewahrt. Die Wurzeln fallen lassen, hastig davonflattern und ein gellendes Warngekreische ausstoßen, das ist eins, und wütend sieht ihm der Jäger nach, denn der rote Fleck dahinten im Laube verschwindet mit jäher Bewegung und weist dabei das starke Gehörn.

Aber so ist der Häher; es ist kein Verlaß auf ihn. Heute meldet er dem Jäger den Fuchs, morgen vergrämt er ihm den Bock. Und so ist er in allem. Gewandt und sicher schwenkt er im Schwebefluge durch das enge Stangenholz, und jammervoll unbehilflich flattert er von Feldbusch zu Feldbusch, immer in Todesangst vor Habicht und Sperber. Er ist so schlau, so überschlau, aber wie der weltfremdeste Seidenschwanz steckt er seinen Dickkopf in die Pferdehaarschlinge der Dohne und endet auf elende Art. In gemeiner Weise verhöhnt und piesackt er den unglücklichen Waldkauz, und wehe dem Marder, den er bei Tage antrifft; nicht eher gibt er sich zufrieden, als bis der Schleicher sich in einem Loche verkrochen hat, und die Füchsin, die am Tage auf Raub auszieht, muß ohne Beute wieder in die Dickung, denn unaufhörlich lästernd und kreischend begleiten die Schreihälse sie und warnen alles Getier vor ihr.

In keiner Sache zeigt er festen Sinn. Heute baut er sein Nest in vierfacher Manneshöhe im engen Bestande, das nächste Mal scheint es ihm richtiger zu sein, es fünf Fuß über dem Boden dicht am Fahrwege anzulegen. Steht das Nest heute in der Astgabel dicht am Stamme, so ist es ein anderes Mal in das äußerste Ende eines Zweiges gebaut. Das eine Mal ist es liederlich aus dürrem Laube zusammengestoppelt und oberflächlich mit Wurzeln ausgelegt, dann wieder ist es ein Meisterwerk aus feinen Zweigen und langen Moosranken und auf das sauberste mit den allerweichsten Wurzeln ausgepolstert, und während ein Nest breit, sparrig und flach ist, ist ein anderes mehr als halbkugelig, hübsch rund und mit einer tiefen Mulde versehen. Einmal liegen vier Eier darin, ein anderes Mal neun, und wenn die einen denen einer Elster ähneln, so gleichen die andern mehr denen von Zwergwasserhühnern.

Und nun erst seine Nahrung. Der Maikäfer ist

ihm ebenso lieb, wie die Haselnuß ihm recht ist. Jetzt sucht er vorsichtig einen Zweig nach Schildläusen ab, dann schlingt er ein Dutzend Eicheln herunter, als habe er acht Tage gehungert. Aber da sieht er eine Blindschleiche. Schwupp, hat er sie beim Wickel, und da der dicke Kropf ihn hindert, so würgt er die Eicheln heraus, quält die Schleiche zu Tode, frißt ein Stückchen davon und will gerade fortfliegen, denn es gelüstet ihn nach Brombeeren, da fallen ihm wieder die Eicheln ein. Mitnehmen? Nein, dazu hat er keine Lust. Liegenlassen? Erst recht nicht. So buddelt er denn mit dem Schnabel ein Loch neben dem andern, steckt in jedes eine Eichel und drückt die Löcher sauber mit dem Schnabel zu. Mitten in der Arbeit wird ihm die Sache aber langweilig, und er läßt die Hälfte der Eicheln liegen.

Acht Tage lang kann er sich von Kerbtieren nähren, plötzlich muß er zu dem Luderplatze, wo der Jäger die Kerne der Füchse und das Gescheide des Wildes hinlegt, und muß von dem stinkenden Aase fressen. Heute sitzt er fromm und bieder zehn Schritte von dem Buchfinkenneste, ohne sich darum zu kümmern, morgen hackt er die Eier entzwei, frißt etwas davon und reißt schließlich das Nest auseinander, um einige Büschel davon zum Bau des eigenen Nestes zu verwenden. Einmal rührt ihn das Piepsen der nackten Nestvögelchen gar nicht, obgleich es unmittelbar unter ihm ertönt, wogegen er ein anderes Mal so lange durch das Geäst schlüpft, bis er ein Nest findet. Dann setzt er sich dabei, besieht sich die Jungen, holt eines heraus, dreht es mit den Klauen auf dem

Aste hin und her, hackt es tot, frißt es an, läßt es fallen, holt sich ein zweites, macht es geradeso damit, und dann auf einmal bekommt er Lust auf Wicklerraupen, dreht Blatt für Blatt um und sucht eine Stunde lang das winzige Gewürm, bis ihm auch das langweilig wird und er im Altlaube nach Käfern herumkratzt, um einige Augenblicke später wieder einem Schmetterlinge nachzujagen.

Er macht alles geradeso, wie es ihm in den Kopf kommt. Er ist kein Zugvogel, aber wenn es ihm paßt, dann verschwindet er auf Wochen aus seinem Walde. Er ist kein Standvogel, aber er kann bis in den Spätherbst am Platze bleiben, um dann, obgleich es anderswo auch nicht mehr zu fressen gibt als hier, plötzlich die Reisesucht zu bekommen. Nadelwald und Laubwald, ihm ist alles gleich. Am Rande des Moores gefällt es ihm ebenso gut wie hoch oben im Gebirge, und ob er im Feldbusche wohnt oder in dem geschlossenen Forste, ob im jungen Holze oder im alten Bestande, das macht ihm wenig aus. In der dürren Kiefernheide geht es ihm ebenso gut wie im üppigen Auwalde, denn er kann alles gebrauchen, Kerbtiere wie Waldbeeren, Baumfrüchte und Schnecken, Obst und Getreide, und findet er hier das eine nicht, so trifft er das andere an, und so kann er nie umkommen.

Darum vermehrt er sich auch überall, denn Habicht und Wanderfalke, seine schlimmsten Feinde, sind sparsam geworden und werden immer seltener, und Marder und Kauz erwischen nur selten einen alten Häher und die Jungen auch nicht allzuoft. Und so trifft man ihn überall an, den bunten Schalksnarren, wo es Wald und Busch gibt, und freut sich über ihn, denn wenn er es auch ab und zu arg macht mit dem Plündern von Nestern und oft in den Saatkämpen der Förster allerlei Unfug anrichtet und erheblichen Schaden stiftet, er pflanzt doch manche Buche, manche Eiche, er verbreitet Haselnuß, Eberesche und Brombeere, er vertilgt allerlei Ungeziefer und erschwert dem Fuchse das Rauben, und schließlich: er ist so schön und drollig und bringt so viel Leben in den stillen Wald, daß wir ihn dort nicht missen möchten.

Mit dem Frett

Dick und fest liegt der Nebel auf der Heide, und die Luft ist rauh und naß. Das ist das Wetter, wie wir es brauchen.

Die letzten Tage war es uns zu schön. Hoch war der Himmel und warm die Luft. Wunderschön war es in der Heide. Die Birken waren goldene Springbrunnen, der Bent gesponnenes Glas, die Rauschbeerbüsche hatten Blätter aus roter Seide.

Mißfarbig sind heute die Birken, fahl der Bent, und schmutzig sehen die Rauschbeeren aus. Und doch gefällt uns die Heide heute besser als gestern und ehgestern, denn da steckte kein Kaninchen im Bau; vergeblich schliefte das Frett ein, und auch die Suche brachte nicht viel, weil die Karnickel zu fest lagen. Heute aber wird das Fretten sich lohnen.

Ich trete an den Zwinger und mache den Mausepfiff. Es raschelt in dem Heu, ein rotes Näschen erscheint, der gelbweiße Kopf taucht hervor, hellrote Augen blinzeln mich an. Ich fasse das noch halb verschlafene Tier, stecke es in die Manteltasche, und dann gehen wir drei Schützen los.

Der Nebel wogt und wallt in den Gründen. Unsichtbare Krähen quarren, unsichtbare Häher kreischen, Bergfinken quäken, Zeisige quietschen, Dompfaffen flöten, Meisen trillern und pfeifen überall. Aber keine Heuschrecke fiedelt, wie gestern, kein Falter fliegt, keine Hummel brummt, kein Reh zieht über die Wiesen.

Hier auf dem Kopfe des Hügels ist der große Bau. Gestern steckte kein Stück darin; heute wird er gut befahren sein. Ich lange das Frett heraus, ziehe ihm den Gummifaden mit der kleinen Schlittenschelle über den Kopf, setze es vor eine der Ausfahrten und gebe ihm, da es noch halb im Schlaf ist, einen kleinen Klaps. Faul schlieft es ein, aber sobald es unter Tage ist, hören wir an dem hastigeren Geklingel, daß es sich vermuntert hat und fleißig sucht.

Ich sehe mir die beiden anderen Jäger an. Mein Freund steht mit aufmerksamem Gesicht da, das Gewehr in den Händen; eifrig gehen seine Augen hin und her. Der Jagdaufseher sieht aus, als schliefe er. Mit halbgeschlossenen Augen steht er da, die Pfeife im Mundwinkel, die Hände in den Taschen, den Drilling unter dem Arm. Wer ihn nicht kennt, möchte glauben, er höre und sehe nicht. Aber er wird, wie immer, so auch heute Jagdkönig bleiben.

Es rumpelt unter der Erde. Meines Freundes Augen gehen blitzschnell hin und her. Der Jagdaufseher döst weiter. Da flitzt ein graues Ding vor seinen Füßen aus der Erde, schlägt einen Haken und flüchtet nach den hohen Heidbüschen hin. Aber schon hat der Jagdhüter den Kolben an der Backe, es kracht, und etwas Weißes blitzt im Heidkraute auf. Noch einmal knallt es, und wieder leuchtet es weiß zwischen den braunen, rötlich beperlten Büschen. Der Aufseher legte das zweite Stück um. Und noch einmal knallt es und abermals. Mein Freund schoß ein Kaninchen mit dem zweiten Schuß. Nun rumpelt es bei mir; ein grauer Kopf mit großen schwarzen Augen erscheint in der Fahrt, geht wieder zurück, und gleich darauf flitzt das Karnickel aus einer anderen Fahrt, und so schnell heraus, daß ich es erst mit dem zweiten Schuß langen kann.

Da klingelt es auch, das Frett schlieft aus, ich nehme es auf, und es geht zu einem anderen Bau. Es ist etwas heller geworden. Die Sonne kämpft mit dem Nebel, und der Wind, den sie mitbringt, hilft ihr, ihn zu verjagen. Hier und da beginnt ein Birkenbaum zu strahlen, die Rauschbeerbüsche glühen auf, dort an der Hügelflanke lodern die Bickbeeren blutrot, das Sandrohr über ihnen schwenkt silberne Fahnen, und der Bent leuchtet wie blankes Gold. Lustiger locken die Meisen, öfter prahlen die Häher, der Grünspecht läßt sein gellendes Lachen erklingen, und aus der Höhe kommt das Gekurre reisender Kraniche.

Hier, wo zwischen den hohen Wacholdern und den krausen Fuhren weiße Sandflecke die Fahrten schon von weitem verrieten, wollen wir es abermals versuchen. Flott schlieft das Frett ein, und kaum ist es unter Tage, da poltert es laut, und drei Kaninchen springen auf einmal. Gelassen, wie immer, läßt der Aufseher zwei davon Kobolz schlagen, eins erwische ich, und ein viertes langt sich mein Freund. Mit diesem Bau wären wir nun wohl fertig und könnten einen anderen nehmen, wenn Hänschen ausschliefte. Wir warten und warten, doch es taucht nicht auf. Wieder rumpelt es bald hier, bald da unter unseren Füßen, und dann vernehmen wir ein feines, dünnes Quietschen. Ein Kaninchen klagt, daß das Frett gerissen hat. Nun kann es uns gehen wie vor einer Woche, wo wir drei Stunden vor dem Bau saßen und Schafskopf spielten, bis Hänschen mit rot beschmiertem Fange wieder ausschliefte. Aber da poltert es bei mir, ich mache mich fertig, lasse aber den Finger vom Drücker, denn auf dem Kaninchen, das unter mir herausfährt, hängt das Frett. Mit einem mächtigen Sprunge schüttelt das Karnickel es ab, kommt aber nicht weiter, denn schon läßt der Jagdhüter es im Feuer überrollen.

Die Sonne ist jetzt ganz und gar da. Alle Birken strahlen, alle Brombeerbüsche glühen, goldig strahlt der Bent, silbern blitzt das Sandrohr, und die abgeblaßte Heide sieht aus, als wolle sie von neuem aufblühen. Schon fliegt ein Trauermantel, summt eine Biene, brummt eine Hummel, blitzen Mücken und Fliegen dahin, und die Heuschrekken, die sich vor dem Nachtfroste retten konnten, zirpen leise. Hier zwitschert ein Hänfling, dort stümpert ein junger Finkenhahn, da singt ein Rotschwänzchen sein Abschiedslied, und in der Luft hängen die Heidlerchen und dudeln, als wäre es Mai. Auf den Wegen suchen die Mordwespen nach Raupen und Spinnen, und ab und zu flirrt sogar noch eine rote oder gelbe Wasserjungfer dahin.

Bau auf Bau nehmen wir, aber mit jedem wird die Beute geringer. Die Sonne hat den Boden erwärmt und die Kaninchen herausgelockt, die sich nun in die hohen Heidbüsche stecken und nach der kalten, nassen Nacht durchsonnen. Nur fünf Kaninchen bringen wir aus sechs Bauen zur Strekke, und jetzt stehen wir da und machen dumme Gesichter, denn Hänschen kommt und kommt nicht wieder zutage; es wird ein Kaninchen ge-

würgt und sich vollgefressen haben und einge-
schlafen sein. Wir locken mit Mausepfiff und
Junghasenklage in die Fahrten hinein, trampeln
auf dem Baue hin und her, aber das hilft alles
nichts. So verlegen wir denn die Ausfahrten und
Einfälle mit Fuhrenzweigen bis zum Abend, wo
wir wiederkommen und zusehen wollen, ob das
Frett seinen Blutrausch ausgeschlafen hat, und gehen zum Jagdhause zurück.

Heiß brennt die Sonne, macht aus allen abster-
benden Blättern Gold und Rubinglas, läßt die
Kronsbeeren wie Silber blitzen, färbt das Risch an
den Torfkuhlen blutrot und putzt die Heide wieder so schön wie gestern und ehgestern, und die
Jagd auf Kaninchen ist ebenso unlohnend.

So wollen wir denn die Hunde holen und im
Bruche auf Hasen suchen gehn.

INHALTSVERZEICHNIS

WEITERFÜHRENDE LITERATUR

ANGER, MARTIN: Hermann Löns. Schicksal und Werk aus heutiger Sicht. Braunschweig 1986

BECKMANN, KARL H.: Hermann Löns. Wiesbaden 1988

DEIMANN, WILHELM: Der andere Löns. Münster 1965

DUGALL, HARRY: Hermann Löns. Eine biographische Studie. Mainzlar 1966

KLEIN, JOHANNES: Hermann Löns heute und einst. Versuch einer kritischen Einordnung. Hameln/ Hannover 1966

DIE DEUTSCHEN KLASSIKER

In der gleichen Reihe erscheinen:

Weitere Titel folgen.